불편한 편의점

不便利的便利店

金浩然 김호연 著
陳品芳 譯

各界好評

給讀者的小忠告：不要在出門前看本書，你會遲到。我就是這樣。

——盧建彰　導演、作家

《不便利的便利店》是一本讓人一打開就停不下來的溫暖好書。

故事背景是在首爾市內的一間便利商店，書裡的人們就圍繞著這間便利商店生活。不管哪一國的便利商店都會有常客、有新客，店員可能也會來來去去。大家可能都是過客，也有可能在彼此人生中占著或多或少的一部分。

這些來來去去的人一開始怎麼相遇、相遇後對彼此產生了怎樣的想法、如何用眞心傾聽來突破他人的心防……書裡每一段故事都寫得細膩自然又非常寫實，也就是因爲這樣才能讓人感同身受，覺得份外溫暖吧！

推薦大家讀這本好書，讀完你們應該也會感受到我說的溫暖喔！

——太咪　作家、《太咪瘋韓國》版主

這本書以韓國日常巷口的便利商店爲背景，用店員、老闆、顧客角度，講述著溫暖又眞實的小故事。書本內文藏有五種意想不到的對付奧客方式，完全不建議模仿使用，但相當紓壓。

每個人都受困在自己人生的孤獨裡，而隨處可見的便利商店就像間加油站，讓人們用物品或金錢爲自己加值，可能是冷天裡搭配著「嗆嗆嗆」組合（芝麻泡麵、鮪魚飯捲、眞露燒酒），亦或是假裝烈酒的玉米鬚茶，讓人加滿勇氣，整理情緒，重新上路回歸自己的道路。

——別家門市　「超商系」插畫粉絲團

體型壯碩得像白色北極熊的男主角，在現實的社會裡，用簡單與眞摯的行動，暖暖地融化所有人的心。

透過此書精采的情節與畫面感，讓我看見人最原始的初心，善良、自省，想要保護他人的高尚精神。

——山女孩 Kit　作家

如果你覺得呼吸不花力氣的話，試著想像善良也不花力氣，這本小說給了我們很多空間，去想像去練習，剩下的就是你的生活實踐囉！

——方億玲　而立書店店長

故事主人翁雖爲虛構人物，但正如同我們服務的無家者，他們在困頓時不忘互助、付出，甚至還會鼓勵社工。眞實世界雖然不如書中美好，我仍希望每位無家者生命中都能出現一位廉暎淑女士……

感謝這本小說能引進台灣，這個社會需要更多正能量！

——李盈姿　芒草心慈善協會祕書長

獨孤雖是首爾車站的街友，卻心繫遺失皮夾的陌生婦人，把婦人的安全看得比自己更重要。而便利店老闆廉女士也對獨孤伸出治癒的援手，與他建立友誼。對因新冠肺炎疫情而更不安、更孤獨的我們來說，兩人的友情是一顆帶來啓發的種子。遭到所有人忽視、疏遠、迴避的街友獨孤會在故事的最後有一百八十度的改變，實在一點也不令人意外。因爲獨孤眞正的才能，就是能拯救身邊的人。眞是令人感動落淚的溫暖胸懷。

——鄭汝蔚　《一天一頁，三六五堂世上最短的心理學課程》作者

目次　CONTENTS

便當就要吃山珍海味

廉暎淑女士在火車經過平澤附近時，發現自己的小收納包不見了。問題是，她完全想不起東西究竟掉在哪。比起弄丟收納包，發現自己的記憶力衰退更讓她不安。她冷汗直流，拚命回想自己過去的足跡。

在抵達首爾車站買高鐵票之前，收納包都還確定在身上，因爲這樣才能從放在收納包裡的錢包掏出信用卡買票。接著到候車室的電視前坐下，看二十四小時新聞台等車等了三十多分鐘。上車後還抱著皮包小睡了一下，醒來後一切如常，剛剛打開皮包想拿手機時，才發現本該在裡面的收納包不見了，這讓她大吃一驚。收納包裡裝著錢包、存摺、筆記本等最重要的個人物品，現在東西不見了，令她慌張到呼吸都困難起來。

廉女士必須用比高鐵更快的速度思考。她快速將回憶倒帶，彷彿這樣就能將窗外呼嘯而過的景色倒轉。雙腳顫抖的她，一邊自言自語一邊回憶自己的足跡，她身旁的中年男子看了都忍不住清了清喉嚨。

不過，真正打斷她的並不是身旁男子清喉嚨的聲音，而是皮包裡的手機響起了來電音樂。那是ABBA樂團的歌，但她卻想不起歌名。是〈Chiquitita〉還是〈Dancing Queen〉……哎呀，俊熙，看來外婆真的是有點癡呆了。

廉女士用顫抖的手拿出手機，才終於想起這首歌叫做〈Thank You For the Music〉。接著她看見螢幕上顯示〇二開頭的陌生號碼，她深吸一口氣按下通話鍵。

「喂？」

對方沒有立刻回應，廉女士只能從背景噪音判斷那是公共場所。

「請問是哪位？」

「是廉……暎淑……嗎？」

這個人的聲音很沙啞，講話又含糊，讓人聯想到熊剛結束冬眠離開洞窟時張口發出的吼叫聲。

「對，我是，有什麼事嗎？」

「妳的錢包……」

「啊，你撿到我的錢包嗎？你在哪裡？」

「……首爾。」

「首爾哪裡？是首爾車站嗎？」

「對，首爾……車站。」

她把話筒拿開，鬆了口氣後清清嗓子說：

「謝謝你找到我的錢包，但我現在在高鐵上，我會在下一站下車立刻趕回去，能不能請你先幫我保管一下，或是寄放在什麼地方呢？等我回到首爾之後再給你謝禮。」

「我會在這裡。……我也……沒地方去。」

「是嗎？我知道了，那我們要在首爾站哪裡碰面？」

「往機、機場鐵路那邊的……GS便利商店。」

「謝謝你，我會盡快趕過去。」

「妳可以……慢慢來。」

「好，謝謝。」

掛上電話後，廉女士感到五味雜陳。話筒那頭的男子，用如動物般口齒不清的語氣說話，讓她相當確信對方是名街友。從那句「我也……沒地方去」，還有公共電話撥出的號碼大多是區碼〇二開頭這兩點判斷，對方肯定是沒有手機的街友。廉女士無法放鬆警戒，即使對方說會把錢包歸還，仍讓她莫名感到不安，擔心對方可能會提出其他要求的恐懼在心底蔓延開來。

不過既然是特地打電話來，又老實說會歸還錢包的好心人，應該也不會有什麼危害，拿錢包裡的現金四萬韓元當謝禮應該就夠了。就在這時，列車即將停靠天安市的廣播響起，廉女士將手機放進皮包裡，起身離開座位。

回程列車快要經過水原市時，廉女士的手機再度響起。她像是要預防癡呆一樣，一邊確認來電者一邊跟著唱起〈Thank You For the Music〉的歌詞，發現是跟剛才一樣的號碼，她努力壓抑不安的心情接起電話。

「……是我。」

電話那頭傳來男子畏畏縮縮的聲音，廉女士感覺自己像在面對狡辯的學生，刻意用了點力回話。

「請說。」

「那個……老師，我肚子有點餓……」

「所以呢？」

「可以……買便利商店的……便當嗎？」

瞬間，一陣暖流流過廉女士的心底，「老師」這個稱呼和「便當」這個詞，瞬間讓她變得更加寬容。

「好，去買便當來吃吧，我想你應該也口渴了，順便買個飲料吧。」

「謝、謝謝。」

掛上電話沒多久，手機便立刻收到消費簡訊，速度快到讓她懷疑對方簡直是站在便利商店櫃檯前撥電話給她。瞧這人餓成這樣，絕對是人稱首爾車站的霸主、鴿子的好朋友——街友。仔細一看，簡訊內容寫著「GS朴贊浩裝太滿的便當四千九百韓元」。「看樣子他沒買飲料來喝，還算是有羞恥心。」本想說是否該找個人陪同領回失物的廉女士，這才終於放下一顆心，決定單獨與對方碰面。雖然年逾七十且有疑似失智症狀，但廉女士相信自己仍有一定的威嚴。畢竟在屆齡退休之前，她可是能大方又大膽地獨自面對年輕學生，她決定相信這樣的自己。

抵達首爾車站後，她很快找到通往機場鐵路的電扶梯。搭乘電扶梯一下樓便能看見右前方的GS便利商店，而那名嗓音跟熊一樣的男子，正蜷縮在便利商店前埋頭吃著便當。越來越能確定對方的身分眞如自己所猜想之際，她竟突然緊張了起來。那名男子留著一頭如拖把般的黏膩長髮，穿著薄薄的運動夾克，和一條髒到分辨不出是駝色還是褐色的棉褲。這樣的他正用端正的手勢拿著筷子，夾起便當裡的維也納小香腸來吃。沒錯，肯定是名街友。廉女士深吸一口氣走了過去。

就在這時，三名陌生男子朝著正在吃便當的他衝去，廉女士嚇得當場停下腳步。三名如鬣狗般的男子同樣也是街友，他們將那名男子壓倒在地，使盡全身的力氣只爲搶走某樣東西。廉女士急得跺腳並不停四處張望，但路過的人卻似乎以爲這只是街友間常見的爭執，都只是瞧了一眼便快步離開。

男人打翻了吃到一半的便當，全身縮得像一顆球似的保護自己。最後卻被那些人掐住脖子……手臂硬是舉了起來……拚命保護的東西也被搶走。一旁看得坐立難安的廉女士，一眼便看見那群人搶奪的目標，就是自己的粉紅色收納包！

三名露宿者起身準備離去之前又踹了幾腳，意圖甩開緊抓著他們不放的便當男。

廉女士四肢發抖，呆愣在原地不知該如何是好。這時，便當男像是要反擊般起身，整個人撲向那個拿著收納包的男人。

「呃啊啊啊！」

便當男發出怪聲，一把抓住對方的腿將人撲倒。在便當男壓制對方並搶回收納包後，又有另一人撲上去，就在這一瞬間，廉女士眼中燃起熊熊烈火，她倏地起身，朝那群人跑去並大喊：

「喂！你們！快把東西放下！」

她出聲制止的同時，這群人也停下所有動作，接著她用自己的皮包，甩打最前面那個男人的頭。嗚呃。讓一個人嘗到苦頭之後，其他人隨即起身準備逃離現場。

「小偷！他們偷了我的皮夾！快站住！」

聽見廉女士大喊，人們紛紛停下腳步關注這起事件，那群男子也一一轉身逃跑，只剩下便當男還緊抱著懷中的收納包蜷縮在地。她走近那名男子。

「你沒事吧？」

男子抬起頭看著廉女士。他的上眼皮因被打而腫起來、鼻血也流個不停，再加上鬍鬚長到遮蓋住嘴巴，看上去就像剛出門打獵回來的原始人。男子彷彿這才發現攻擊他的人已經離開，便撐起自己坐在地上。廉女士也掏出手帕，蹲坐在這名男子面前。

瞬間，街友身上特有的酸臭味撲鼻而來，廉女士憋著氣將手帕遞出去。男子搖了搖頭，選擇用自己的夾克抹了抹鼻子。廉女士一方面擔心自己的收納包沾到男子的血和鼻水，一方面卻對有這種念頭的自己感到不耐。

「你眞的沒事嗎？」

男子點了點頭並打量著廉女士。在男子的認眞打量之下，廉女士不禁開始擔心自己是否做錯了什麼，很想立刻逃離現場。對喔，應該趕快把收納包拿回來。

「謝謝你，幫我顧著我的收納包。」

男子用右手拿起原本用左手護著的收納包，交還給廉女士。但就在廉女士想接過收納包的瞬間，對方又立刻將手收了回去。他再次從頭到腳打量了一遍驚訝的廉女士，並打開收納包。

「你要做什麼？」

「妳是……這東西的主人嗎？」

「對，我就是東西的主人，所以才會來這裡找你。你剛剛跟我通過電話，你忘了嗎？」

對方沒來由的懷疑令廉女士有些不快。男子二話不說迅速從收納包裡翻出皮夾，並從裡面拿出身分證。

「身分證字號……是多少？」

「拜託，我看起來像在說謊嗎？」

「我必須確定。……我有責、責任……要把東西物歸原主。」

「身分證上有我的照片啊，你比對看看。」

男子眨了眨瘀青的眼睛，來回看著身分證與廉女士。

「照片……看起來不像。」

這番言論荒唐到令廉女士忍不住嘖了一聲，但她並沒有生氣。

「很久了，照片看起來很久了。」

男子補充。雖是很久以前的照片，但仍認得出是廉女士本人。也許是男子的健康狀況不佳，連帶影響到視力，再不然就是廉女士眞的老了。

「說說看……妳的身分證字號。」

呼，廉女士嘆了口氣，對著男子背出自己的身分證字號。

「五二〇七二五－XXXXXX，可以了吧？」

「沒、沒錯，我得確定眞的是妳……對吧？」

男子帶著尋求肯定的眼神，將身分證放入皮夾裡，再將皮夾重新放回收納包中，並把收納包遞給廉女士。廉女士接下收納包，感覺這場騷亂終於結束，然後她才有餘力開始感激眼前這名男子。包括他寧可被其他街友毆打也要保護收納包、在物歸原主前仍要仔細確認身分等等表現，若不是具備一定的責任感，肯定不會有這些行爲。

這時男子哼了一聲站起身來，廉女士也跟著起身，急忙從錢包裡掏出四萬韓元現金。

「這裡。」

她能感覺到男子以遲疑的態度望著那些錢。

「收下吧。」

男子沒有接下現金，反而將手放入夾克口袋，掏出一團詭異的衛生紙將流下的鼻血擦掉後轉身離去。這樣的舉動，反而使廉女士拿著酬謝金的手顯得有些尷尬。

廉女士呆望著男子離去的背影。看男子駝著背，一拐一拐地走回剛才縮著吃便當的便利商店前，廉女士很快跟了上去。

男子站在便利商店前，看著剛才吃到一半翻倒在地的便當自言自語不知說了什麼，接著便是一陣嘆息。廉女士看著他的背影好一段時間，然後才小心翼翼地拍拍他。男子轉過身來，發現廉女士以安撫學生的溫柔表情看著自己。

「先生，你要不要跟我來一下？」

從西站方向出來，男子突然停下腳步，他的樣子有如不願生活在城市裡，抗拒離開大自然懷抱的草食動物。廉女士做出催促的手勢，終於帶他離開首爾車站，一起往葛月洞方向走去。男子配合廉女士的速度，走在距離她身後幾步的位置，廉女士則以小碎步穿越葛月洞朝青坡洞走去。深秋時分，路邊銀杏樹落下的果實，散發出與男子身上類似的氣味。廉女士也在思考，自己爲何會帶著這名男子離開車站。

她想好好回報這名拒絕收下酬金的男子。一方面是報答他拚命守住自己的收納包，同時也想鼓勵這位做出正確行爲的街友。長年擔任教職的她，養成會對學生行爲做出回饋的習慣，這也多少發揮了一些影響力。最重要的是，廉女士打出生起就信奉基督教，這名男性街友主動展現好心，有如《聖經》裡描述會幫助路旁遇難者的好撒馬利亞人，而她自然也想成爲好心的撒馬利亞人。

約莫走了十五分鐘，穿過西站後方幽暗巷弄，一座優雅的大教堂映入眼簾。由於附近就是女子大學，身邊不時有穿著牛仔褲跟夾克的女大學生走過，也能看見因電視節目聲名大噪的小吃店前，排著長長的人龍。廉女士回頭，看見男子慌張環顧四周的風景，許多路人也刻意避開她與這名男子。她一方面好奇自己與這名男子的組合，看在他人眼裡是什麼樣子，一方面也有些擔憂。因爲青坡洞就是她住的地方，也是她的店面所在之處。

男子就像廉女士的尾巴，緊緊跟在她身後往淑明女子大學方向走去。走過幾條巷子之後，他們來到一個三岔路口，三角窗的位置是一間便利商店。那是廉女士投資的小生意，也是能夠供應男子便當的場所。推開便利商店的門，廉女士用手勢示意男子進來，男子遲疑了一下，然後才跟上去。

「歡迎光臨。啊，老闆好。」

工讀生詩賢放下手機，以微笑向廉女士打招呼。就在廉女士回以微笑的瞬間，詩賢露出驚訝的神情。

「沒關係，他是客人。」
聽老闆這麼一說，讓詩賢的表情更加不自然了。看見這樣的詩賢，廉女士不禁覺得她還不夠懂事。她拉著男子的手往便當陳列架走去，不知男子是很會察言觀色還是不以爲意，只是安安靜靜地跟著廉女士。

「想吃什麼儘管挑吧。」
男子一臉疑惑。
「這裡是我經營的便利商店，你不用在意別人，盡量挑。」
「那……嗯……咦？」
本來舔著嘴的男子，突然張嘴發楞。
「怎麼了嗎？沒有你想吃的嗎？」
「沒有……朴贊浩……便當。」
「這裡不是GS便利店。朴贊浩便當只在GS便利店賣，不過這裡也有很多好吃的，你看看。」
「……朴贊浩，很會做便當……」

男子掛念著其他便利商店的便當，讓廉女士無奈地不知該說什麼好，只好拿起眼前最大的一個便當塞給他。

「吃這個吧，山珍海味便當，有很多配菜，很好吃。」

收下便當的男子愼重地數起配菜的數量，共有十二道。這對街友來說已經是滿漢全席了，你這傢伙！廉女士看著仔細端詳便當的男子心想。像是確認廉女士沒在騙人一樣，男子看了好一陣子才抬起頭來向廉女士鞠了個躬，接著就往店外的座位區走去，彷彿那裡是他的指定席。

戶外那小小的綠色塑膠桌，很快成了男子的小餐桌。男子像是對待珍寶似的，小心翼翼打開便當蓋，再恭恭敬敬地拆開免洗筷，慢慢夾起一口飯放入嘴裡。廉女士先是仔細觀察男子的行爲，然後才回過頭拿了一個杯裝大醬湯到櫃檯。詩賢立刻明白她的意思並刷了條碼。廉女士用熱水泡好大醬湯，帶上餐具往外走。

「配著吃吧，要有點湯才好。」

男子來回看了幾下大醬湯與廉女士的臉，接著用極快的速度拿起大醬湯喝了起來，廉女士甚至沒有機會把餐具遞給他。男子絲毫不在意那是剛用熱水泡好的大醬湯，咕嚕咕嚕地喝下半杯後才點點頭繼續吃便當。

廉女士回到店內拿紙杯裝水，再將杯子放在男子身旁，然後在他對面坐下。她靜靜看著男子吃便當的模樣，不知該說他像是剛從冬眠中甦醒而感到飢餓，還是爲了準備冬眠而必須儲備足夠的營養，總之，男子就像一頭拚命扒著蜂蜜罐的熊。街友想必是過著有一餐沒一餐的生活，但他的身形怎麼還能這麼魁梧呢？她在想，街友之所以會胖，也許就跟貧困階層肥胖率偏高是一樣的道理，再不然就是因爲他們總是吃得太快而沒能好好消化。

「慢慢吃，不會有人跟你搶。」

男子抬頭看著廉女士，嘴上還沾著炒泡菜的醬汁，但眼神中已經沒有剛才的警戒，而是換上一副溫順的神情。

「很……好吃。」

男子看了看一旁的便當蓋，補充說：

「眞的是山、山珍海味……」

男子點了個頭向廉女士道謝，然後又喝幾口大醬湯。此刻他的舉動已不再那麼急躁，想必是塡飽肚子後有了精神。看著他把剩下的炒魚板一掃而空，廉女士心中升起一股奇妙的滿足感。因爲她從男子不放棄任何剩餘魚板的努力中，看見了生命的崇高。

「以後肚子餓就來這裡吧，隨時都可以來吃便當。」

男子停下筷子，睜大眼看著廉女士。

「我會跟工讀生說，你不需要付錢，來吃就好。」

「妳是指報、報廢品吧？」

「不，吃新的啊，爲什麼要吃報廢品？」

「工讀生……都吃報廢的，我覺得……那個很棒。」

「我們店不讓人吃報廢品，工讀生不吃，你也不吃。所以你就吃一般的便當，我會跟他們說。」

男子愣了一下，然後再次向廉女士鞠躬，接著繼續努力夾起剩餘的炒魚板。廉女士這才將自己拿來的湯匙遞給他，男子收下湯匙後短暫停止動作，那副模樣就像第一次看見智慧型手機的黑猩猩。不過就好像一旦學會騎自行車，便永遠不會忘記怎麼騎一樣，他迅速用湯匙舀起剩餘的炒魚板，滿足地放到嘴裡。

澈底清空便當後，男子抬起頭來看著廉女士。

「我……吃飽了，謝謝。」
「我才要謝謝你幫忙保管我的東西。」
「那個……原本是被另外兩個人拿走的。」
「兩個人？」
「對，我教訓了他們一頓再搶過來……就是放有皮夾的那個……」
「所以你是去找那些偷了我收納包的人，把東西拿回來還給我的？」
男子點了點頭，再拿起廉女士給的紙杯喝了幾口水。
「兩個人……我能贏。三個人……很難。他們……後來都被我教訓了。」
說完這句話，男子不知是不是因爲想起車站的狀況而氣憤，意外露出了牙齒。泛黃的牙齒間卡著一些辣椒粉的殘渣，讓廉女士有點受不了，但看見對方因爲自己的幫助而恢復生機，又讓她感到安慰。
男子把剩下的水喝完，看了看四周。
「不過……這裡……是哪裡？」
「這裡嗎？是青坡洞，青色的山丘。」
「青色……山丘……眞不錯。」

濃密鬍鬚下的嘴角微微上揚，男子拿著便當與大醬湯的容器起身，熟練地將容器分類回收，再回到廉女士面前。他從夾克口袋裡掏出那團衛生紙擦了擦嘴巴，接著以九十度鞠躬向廉女士恭敬道謝後，便轉身離開便利商店。

廉女士看著男子離去的背影，覺得他就像剛下班離開公司，正往首爾車站前進的上班族。接著廉女士走回店內，工讀生詩賢一看到她進門，便好奇地東問西問。廉女士從在火車上發現收納包不見開始，完完整整說明整件事情的始末。這個故事讓詩賢感到既驚奇又擔心，一直忍不住發出天啊、天啊的驚嘆聲。

「眞是個有趣的人，實在很難想像他是遇到什麼問題才成爲街友。」

「我覺得他就只是普通的街友……看看皮夾裡東西是不是都還在吧。」

廉女士打開收納包查看，沒有少任何東西。然後她笑著把收納包遞給詩賢，要她也看看。接著她突然從皮夾裡抽出自己的身分證。

「看起來很不一樣嗎？」

「一模一樣啊。除了白頭髮之外，看起來完全沒變老。」

廉女士仔細端詳身分證上的照片，確實，證件照和現在的自己看起來很不一樣。

「雖然不是很高興，但那人說的沒錯。」

「什麼?」

「那個人很明事理，而詩賢妳則是很貼心。」

廉女士告知詩賢，以後只要那個大塊頭街友出現，就拿便當給他吃，並要她通知店內所有員工。詩賢雖有些不太情願，但還是在便利商店的員工群組裡，發布廉女士的指示。廉女士以滿足的神情環顧店內，但很快又感到洩氣。她完全想不起來在街友吃便當時，究竟有沒有其他客人踏進這間店。自己可能眞的罹患失智症的擔憂，讓她覺得連口水都變苦了。但既然今天得到他人的善意，她決定把今天歸類爲還不錯的一天。

「妳不去釜山嗎?」

「糟糕，我都忘了。」

今天還沒結束，無論如何她都要在今晚抵達釜山，因爲她要參加堂姊的葬禮，也計畫順道在釜山多待幾天。

廉女士將收納包好好放入背包內，再一次前往首爾車站。

在釜山待了五天，辦完該辦的事之後，廉女士回到首爾並前往便利商店。她走進店內時，詩賢正在替一對購買飲料的情侶結帳，並用眼神跟她打招呼。那對情侶一離開店內，詩賢便立刻走出櫃檯朝廉女士靠過去。寒暄一陣，並詢問店內是否有任何異狀之後，詩賢便迫不及待地湊近廉女士身旁說：

「老闆，那個人每天都來耶。」

「妳說誰？喔，那個街友嗎？」

「對，他每天都在我上班時來，吃完一個便當才走。」

「他不會在其他人上班的時段來嗎？」

「對，只會在我上班的時段來。」

「人家是不是喜歡妳啊？」

詩賢翻了個白眼，以嫌惡的表情回應廉女士的調侃。廉女士接收到了詩賢的抗議，笑笑地說只是開個玩笑。

「不過啊，老闆，仔細想想他只在我上班的時段來，是因爲他算準晚上八點是報廢時間。」

「什麼？我不是說要給他新的嗎？」

「我說了啊，但拿新的便當給他，他卻死也不肯吃，一直說要報廢品，眞的超奇怪的。」

「但我之前說過要給他新的耶……這樣好沒誠意。」

「老闆，他眞的都不拿。只要拿新的給他，他就會一直站在櫃檯前嘀咕說要報廢品，怎麼樣都不肯讓開。他身上味道很重啊，感覺就像店裡有一坨巨大的屎。有一次一個剛進門的客人看見他站在櫃檯前，就立刻倒退出去耶！我能怎麼辦？想要他快點離開，就只能照他要求的去做，這樣才能趕快送他走啊。而且他走了之後我還得讓店內通風一下。」

「好吧，我知道了。」

「我覺得他是故意的。不然怎麼會算準便當報廢的時間，只在那時候過來？」

「果然是個很明事理的人。」

「昨天他比較晚來，我還擔心他是不是生病了。」

詩賢舔了舔嘴唇，露出非常擔心的表情，讓廉女士忍不住笑了出來。心地善良的詩賢是個高瘦的女孩，總讓廉女士聯想到某些店家擺在路邊，隨風搖擺的宣傳用人型氣球。

「妳這麼善良，以後出去要怎麼辦啊？」

「老闆妳才是，居然會天眞地想要每天給街友便當……如果他帶一大堆同伴來怎麼辦？」

詩賢回嘴。雖然是人型氣球，但反彈還是很有力道的。

「他不是那種人。」

「少來，妳又知道了？」

「我有看人的眼光，所以我才會僱用妳啊。」

「是啦，您眞是了不起。」

詩賢就像自己的小女兒，和她這樣鬥嘴總讓廉女士十分愉快。廉女士一方面希望詩賢快點考上公務員，但一想到她考上之後就會離開這間店，還是不免感到有些難過。

叮鈴。客人隨著響起的鈴鐺聲踏入店內，詩賢一邊向客人問好一邊走入櫃檯。廉女士開始巡視店內環境，確認剩餘的便當數量。她決定，要找一天在便當報廢的時間過來看看，因爲她想問問那名街友叫什麼名字。

當晚，在家看電視看到睡著的廉女士被電話聲吵醒。螢幕上顯示來電者是「兒子」，這時才剛過了午夜。時間與來電者帶來的壓力，讓廉女士感覺胃一陣翻攪，但她最後還是接起了電話。不出所料，電話那頭傳來的是滿是醉意的聲音。兒子不知道她去了趟釜山，也不記得明天就是她的生日。即便如此，他還是說他很愛母親，只是無法盡孝道，讓他覺得很抱歉。這齣在母子間經常上演的戲碼，總會以「便利商店的近況」這個話題作結。廉女士告訴兒子不用擔心，兒子卻總要她把生意不好的店收起來，拿錢投資他創業，這樣媽媽就能過著更輕鬆安穩的生活。這些聽在廉女士耳裡，都是沒有根據的空話，最後廉女士忍不住對兒子說：

「岷植，你不能這樣騙家人。」

「媽，妳爲什麼不相信我？妳覺得我會騙妳嗎？」

「我是退休老師，我公平地說一句，無論是國家還是人，過往的事蹟都會成爲評價的標準。想想你以前做的事吧，換成是你，你能相信自己嗎？」

「唉唷，媽，我眞的很無助。無論是姊姊還是妳，都讓我感覺好無助。我們是家人耶，爲什麼要這樣？」

「你要繼續發酒瘋的話就掛電話吧。」

「媽——」

廉女士掛上電話朝廚房走去，她的心有如被熊熊烈火炙燒一般，滾燙的疼痛滋滋作響，令她感到一陣胸悶。她打開冰箱拿了罐啤酒，咕嚕咕嚕地灌下肚。她以要澆熄心火與心痛的氣勢大口喝著啤酒，喝到一半卻不小心嗆到而咳個不停。為了忘記兒子酒醉時說的那些大話，卻只能借助酒精的力量，這點令她對自己很失望。

眞不知道該怎麼做才好。

她總認為自己是靠著果決的判斷與行動力，才能平安無事地活到今天，但子女的問題總讓她覺得自己有如一把故障的秤。先不管兒子究竟是要搞事業還是搞詐騙，就算她眞的把便利商店收掉並拿錢投資，接下來會怎麼樣？最後她的財產，應該只會剩下這棟兩房的屋子吧。她目前所住的屋子，坐落在青坡洞山丘上，是屋齡二十年、一層兩戶的老舊住宅三樓，這也是她最後的據點。說不定眞的要連這間屋子都被搶走，才能阻止兒子繼續失敗。

雖不想承認，但兒子不僅沒出息，還是個準詐騙犯。也許媳婦早就看出這一點，所以才在結婚兩年後匆匆離婚。雖然當時媳婦的無情決定令她憤怒……但她也只能承認，大多數的錯確實都在兒子身上。離婚後這三年，兒子把剩下的財產揮霍殆盡，變得悽慘落魄。這時唯一能伸出援手的便是身爲母親的自己，但自己現在究竟在做什麼呢？雖照顧了首爾車站街友的飲食，卻沒能顧到離家出走又喝得酩酊大醉的兒子。

廉女士將啤酒一飲而盡，在餐桌邊開始禱告起來。現在她唯一能做的，就只剩下禱告和祈求了。

生日這天，廉女士和女兒、女婿以及帶給眾人幸福的孫女俊熙共度。今年女兒一家並沒有來青坡洞慶祝，而是邀請廉女士到他們居住的住商混合大樓裡的餐廳享用韓牛。女兒住在東邊的二村洞，跟廉女士居住的青坡洞同屬龍山區，但兩個地點卻有天壤之別。龍山區的房價在首爾市內僅次於江南三區，而廉女士居住的青坡洞，卻是遍布老舊住宅與大學寄宿家庭的庶民區。女兒和女婿雖然總愛說銀行才是眞正的屋主，兩夫妻私底下卻相當認眞執行存錢計畫，目標是在女兒俊熙上國中時搬到江南的蛋黃區。廉女士的理財觀念較爲保守，不過還是很好奇這麼積極且充滿野心的理財與生活方式，究竟是出於女兒的能力還是女婿的才能。後來她發現，這一切是他們兩人共同努力的成果。廉女士覺得女兒婚後越來越不像自家人，而女婿則恰恰相反，沒有因爲結婚跟自己的父母漸行漸遠，甚至還能從他身上看見親家的影子。幸好這對夫妻一拍即合，沒有像兒子與媳婦那樣鬧離婚，這也讓廉女士少操一點心。不過廉女士隱約感覺到，自己與女兒對話的方向、模式逐漸改變，等女兒從龍山區搬到江南區之後，兩人之間的關係就會隨著物理上的距離逐漸拉開。

女兒一家在這時請自己吃韓牛，嘴上說是因爲媽媽生日、因爲岳母生日，才會特意到這麼昂貴的餐廳用餐……但老實說比起感動，倒不如說廉女士是備感壓力。因爲過去女兒一家，一直都是在淑大入口附近的一間烤豬排店爲她慶生。昂貴的生日餐雖令她坐立難安，她仍面露微笑看著外孫女俊熙。即便俊熙此刻正捧著手機專注觀賞影片，絲毫不理會外婆的注視，但光是這樣看著孫女，就讓廉女士心滿意足。女婿和女兒在旁專注地討論什麼零存整付還是整存整付的金融商品，廉女士一個字也聽不懂。她只希望昂貴的牛肉能快點送上桌，讓她大快朵頤一番，畢竟她是今天的壽星，好好享用大餐是她應得的權利。

食物終於上桌。用餐過程中，女兒負責照顧俊熙，女婿不斷烤肉，廉女士則拚命把女婿烤好的肉往嘴裡送。終於，女兒在幫大家倒了啤酒，乾杯慶賀廉女士生日快樂之後，好似醞釀已久一般開口說：

「媽，俊熙決定要去學跆拳道了。」

「女生何必學什麼跆拳道……」

「眞是的，讀過書的人怎麼說這種話呢？媽，學跆拳道哪有分男女？俊熙之前都會被男生欺負，也是她主動說學了跆拳道，就可以對付那些動不動就欺負她的人。」

女兒說的沒錯。廉女士對自己老舊的思想感到丟臉，表情也僵硬起來。就在女婿注意雙方臉色時，女兒一口氣把啤酒喝光，廉女士趁機趕緊帶著笑容轉頭看向俊熙。

「俊熙，妳想學跆拳道嗎？」

「嗯。」

俊熙回答，雙眼始終盯著影片。

「所以啊，媽妳住的那個社區，有間很不錯的跆拳道館，聽說師資也很不錯。老師們經常獲選爲國家代表，年輕且觀念很好……在我們東村媽媽社團很紅。」

「東村媽媽社團？」

「就是東部二村洞的媽媽集會，是個網路社團。」

「那個老師也太傻了吧？怎麼不把道館搬到能賺錢的東部二村洞去，留在青坡洞怎麼能賺錢？」

「老師也想搬啊，但這裡房租的確比較貴。總之我不能等到他搬過來，所以想說要把俊熙送去那裡，可能會需要媽的幫忙。」

原本入口即化的柔嫩韓牛，突然怎麼嚼也嚼不動。廉女士當然不討厭跟俊熙相處，只是很在意自己無法選擇要跟俊熙相處的時間。

女兒希望廉女士可以在學跆拳道跟小提琴之間的兩小時空檔，幫忙照顧一下俊熙。此外，前往補習班的接駁巴士時間有點不上不下，所以需要由廉女士親自帶俊熙搭公車去上小提琴。廉女士是已經退休的老人，也是看似無所事事的老奶奶，花兩小時照顧孫女並不困難。不過她每天也有自己的例行公事。她必須隨時到便利商店巡視，還要到教會做義工，每天還要抄寫英文單字預防失智。不過一旦遇到女兒或孫女的事，廉女士的例行公事自然變得沒那麼重要。

她只能接受女兒的要求，雖沒特別提到如果有花費會補貼一點，但她相信女兒跟女婿應該不會忘記這件事，便二話不說答應了。

獨自搭公車回家的路上，廉女士想起便利商店的員工們。與非常不聽話的兒子跟太過成熟的女兒相比，店裡的員工相處起來更自在、更像一家人。要是女兒聽到這些話，肯定會計較說把員工當家人是惡質老闆才會做的事，或是批評這是不對的行爲等等，但廉女士確實覺得他們很像家人。我又沒要求員工把我當成家人，也沒有因爲把員工當成家人，就勉強他們做些不屬於分內事的工作。廉女士安慰自己，就是因爲身邊可以依靠的人只有便利商店員工，所以她才會這樣想。

上午負責顧店的吳女士，是廉女士超過二十年的好鄰居，也是同一間教會的教友。她把廉女士當成親姊姊一樣看待，兩人同甘共苦一路走到今天。下午班的詩賢則有時像女兒、有時像姪女，總讓人想好好照顧她。雖然工作已經滿一年，偶爾結帳還是會出錯，但除了這點之外，她從沒惹出任何麻煩。最重要的是，能堅持在人來人往的便利商店工作一年，已經很令人感激了。而從開業起便負責上大夜班的成弼，可說是廉女士經營便利店的最大功臣。兩年前剛開幕時，廉女士曾因爲找不到固定的大夜班員工而傷腦筋，五十多歲的成弼對她來說簡直像是天上掉下來的禮物。他住在便利商店附近的半地下室，家中有兩個孩子，是個不時會來買香菸的社區大叔。當廉女士一貼出找大夜班員工的傳單，他便立刻來詢問自己能否勝任這份工作。當時他剛好失業，再就業也頻頻碰壁，他強調即使是大夜班也好，希望可以多少賺點生活費。廉女士從他身上感覺到一家之主扛家計的迫切，便決定僱用他，給他的時薪還比原本開出的價格多五百韓元。正好新上任的政府大幅調升基本薪資，成弼得以領到超過兩百萬韓元的月薪。此後一年半，生活必須日夜顛倒，最爲辛苦的大夜班便由成弼負責。

像家人一樣就是這種感覺。從老闆的立場來看，確實會希望他們繼續留在店內工作。不過廉女士早就決定好，如果準社會新鮮人詩賢和以再就業爲目標的成弼，都能如願得到就業機會，自己也會欣然讓他們離開。她甚至還曾經介紹一個不錯的工作給詩賢，雖然詩賢撐不到一天就離職了。她還清楚記得詩賢說「我想我可能還沒準備好當個上班族」，希望可以繼續回到便利商店打工的模樣。

週末的工讀時段由淑明女子大學的學生填補，平日出缺的時間則由教會青年會的學生頂替。有了偏好工作一、兩天賺個零用錢的工讀生人力資源庫，讓廉女士的工作一下減輕不少。人們都說聘請員工是自營業者最大的難關，但靠著手上這些資源，廉女士得以稍稍從這個煩惱中放鬆一點。這些像自家人一樣的員工及涉世未深的大學工讀生，都以老闆稱呼她，且非常努力地爲這間店付出，爲此廉女士感激不已。

如今便利店最讓她煩惱的問題只有一個，那就是生意不太好。

其實，廉女士的教師退休年金足以養活自己。之所以會經營便利商店，是因爲正當她在煩惱該如何處理先生的遺產時，手上擁有三間便利商店的弟弟便建議她也投資一間。弟弟說如果想靠便利商店賺錢，至少要有三間店面，還強調持續展店的重要性，但廉女士認爲經營一間就夠了。只要自己能靠年金生活，又可以靠店面的收入解決員工的生計就好。雖然一開始沒有預期到這點，但如今吳女士和成弼都不能沒有這份便利商店的工作，詩賢也必須靠這裡賺來的錢，塡補準備公務員考試期間的開支。廉女士從來沒想過自己會當老闆或從事自營業，她後來才弄明白，自己之所以會爲便利商店的經營傷透腦筋，並不是爲了當老闆的自己，而是因爲店裡的生意關係到員工的人生。

雖然一開始生意不錯，但開幕六個月後，距離不到一百公尺處就多了兩間不同品牌的便利商店。那兩間店瘋狂競爭，爭先恐後地辦活動搶客人，廉女士的店沒有加入這場戰爭，結果變得像是過季品一樣乏人問津，營收也因此不斷減少。

廉女士從來沒有想靠便利商店賺大錢的念頭，只是擔心一旦營收減少，甚或倒店，員工就必須捲鋪蓋走路。她完全沒想到便利店的競爭會如此激烈，也不知道自己能撐到何時。

隔天，廉女士選擇在便當報廢的時間前往便利商店，目擊上次那名街友正在清理戶外座位區的模樣。秋天傍晚天氣微涼，男子彎腰收拾散落的菸蒂、紙杯和啤酒罐，並緩慢地將撿好的垃圾帶到分類回收桶旁，仔細查看後再分類，回收做得有模有樣，相當令人滿意。這時詩賢拿著便當出來，放在戶外的桌子上，並出了個聲通知男子。男子靜靜看著詩賢，詩賢也看了看他，接著便轉過身準備回店裡。恰好這時她與看著這一切過程的廉女士視線交會。

「老闆，妳來了啊？」

「有拿便當給他嗎？」

「有。他還幫忙打掃……眞的很感謝他。」

詩賢帶著微笑走進店內，街友再次進入廉女士的視線範圍中。這名街友看著廉女士，恭敬地行了個禮後打開便當的蓋子。廉女士靜靜走到他面前坐下。便當用微波爐熱過，還冒著蒸氣，男子則因爲在意廉女士而暫時停下動作。看到廉女士示意他快吃的手勢之後，他才開始動筷子。接著，他從夾克口袋裡掏出一個綠色的瓶子。

男子將還裝有半瓶燒酒的瓶子打開，將酒倒入剛才清理桌子時撿到的紙杯中。廉女士沒有阻止他，只是看著他配酒將便當吃完。很快地，男子也不再在意廉女士，只專注於填飽肚子。

就在男子將便當和燒酒一掃而空時，廉女士走進店內，拿了兩瓶罐裝咖啡出來。她坐回男子對面，將罐裝咖啡遞給他，男子開心地低下頭打開咖啡罐，像在喝蜂蜜水一樣大口大口喝下。廉女士也喝起了咖啡。熱騰騰的罐裝咖啡，彷彿能夠融化深秋的冷清。雖然夏天會因爲喝罐裝啤酒的客人吵鬧、抽菸而被投訴，還要爲客人亂丟垃圾而花費精力維持整潔，但便利商店設置於戶外的座位區，確實也成了社區的休息空間，是個能讓人享受短暫悠閒的地方。這也是爲什麼即便歷經多次鄰居投訴、員工抱怨，她仍不願意將座位區撤掉。

「天氣……很冷吧？」

彷彿有幽靈在自己身邊吹口哨一樣，廉女士被這問句嚇了一跳，轉過頭看著男子。由於男子常常一語不發，讓她以爲對方是不愛說話，甚至打消問男子姓名的念頭。沒想到這會兒男子卻主動搭話，讓她又產生了好奇心。

「對啊，天氣要變冷了……你要繼續待在首爾車站嗎？」

「變冷了……就更要去那裡了。」

怎麼回事？他說話結巴的程度，似乎沒有上星期那麼嚴重了。說不定是因爲來便利商店吃便當，也提升了他的社會化程度。廉女士打算趁這機會，盡量把自己心中對男子的疑問說出口。

「你一天只吃這一餐嗎？」

「會在宗教活動上……吃午餐……但我不喜歡讚美詩。」

「也對，的確是有點讓人不自在。那你家在哪裡？沒打算要回去嗎？」

「……不知道。」

「那我可以問你的名字嗎？」

「不知道。」

「你連自己的名字都不知道嗎？那年紀呢？之前是做什麼的？」

「不、不知道。」

「呼。」

問了一堆問題，對方卻一直說不知道，這跟保持緘默有什麼不同？就連善於察言觀色的廉女士，都猜不出男子究竟是眞不知道還是假不知道。但她決定不要放棄，如果想跟對方交流，就一定要想辦法知道該如何稱呼彼此。

「那你希望我怎麼稱呼你？」

男子沒有回答，而是將視線轉往首爾車站。是想回去了嗎？回到那個他唯一知道的空間。就在這時，他轉過頭來直視廉女士。

「獨……孤……」

「獨孤？」

「獨孤……大家……都這樣叫我。」

「你是姓獨孤，還是名字叫獨孤？」

「就是……獨孤。」

廉女士嘆了口氣，然後點點頭。

「我知道了，獨孤先生，別忘記要每天過來喔。你前天來晚了，讓人很擔心呢。」

「別、別……這樣……別擔心我。」

「總是準時出現的人突然遲到，怎麼可能不擔心？所以你每天都要準時來，來吃完便當，然後像剛剛那樣幫忙打掃一下當運動，這樣不是很好嗎？」

「如、如果妳的……錢包掉了……再跟我說。」

「什麼？」

「我會幫妳找的。我……不能回報妳什麼……」

「我還以爲你很明事理呢……你現在是要我故意弄丟錢包，讓你來幫助我嗎？」

「不是……不能弄丟錢包……總之……需要幫忙的話……就跟我說。」

這樣的對話讓廉女士感到新奇，卻又有些無力，她可沒有無助到必須借助一名街友的力量，還是說連這名街友都對這間店很失望？她看著獨孤，決定結束這次對話。

「獨孤先生，你先幫助自己吧。」

他有些難爲情地點了點頭。眞不知道他何必要爲這種事感到難爲情？

「還有，請你來吃便當是多少希望能幫你一點忙，所以實在不能讓你在這邊喝燒酒。」

「……」

「便當不是下酒菜，是正餐，獨孤先生要是喝醉了，那我也幫不上忙。」

「一瓶……根、根本不夠塞牙縫……」

「總之，我是個講究原則的人。這戶外的用餐區屬於我，這裡不許喝燒酒，請你記得。」

獨孤靜靜地吞下口水，接著看向燒酒瓶，然後拿起瓶子。廉女士緊張了一下，擔心他會拿起瓶子攻擊自己。不過他只是把燒酒瓶放在空便當盒上，然後起身緩緩走向回收區，廉女士這才悄悄鬆了口氣。獨孤走回來後，照慣例從夾克裡掏出神祕的衛生紙團擦桌子，然後向廉女士鞠了個躬。

廉女士望著名爲獨孤的男子遠去的背影。獨孤，是獨自孤單的意思嗎？還是因爲獨居所以被叫做獨孤呢？他的背影就像名字一樣寂寥，但廉女士決定暫時先把這件事擱一邊。

「老闆，抱歉，我好像得辭職了。」

那天，廉女士晚上留在店裡跟詩賢聊天，沒想到上大夜班的成弼卻突然向她提辭職，讓她有些手足無措。成弼用手理了理稀疏的頭髮，說自己透過認識的人得到一個去幫中小企業老闆開車的司機職位。由於必須在三天內到職，所以不得不臨時提離職。老好人成弼請求廉女士的諒解，臉上滿是歉疚。

由於大夜班是便利商店最辛苦的時段，所以也最難找人。過去一年半有成弼默默堅持在這，讓廉女士得以不用擔心大夜班的人選……如今這個位置又要空下來。就算找得到人，也因爲成弼必須立刻離職，所以得由自己先來替補這個空缺。一想到在找到穩定的大夜班員工之前，必須自己頂替一段時間，就讓廉女士頭痛不已。

廉女士想起自己早已決定，當成弼再度成功就業時，要開心地爲他加油。於是她告訴成弼，非常感謝他這段時間幫忙照顧這間店，讓自己可以無後顧之憂，還說一定不會忘記發獎金給他。成弼則感動地說，剩下的三天他會努力把店顧好。

「老闆，妳好帥耶。」

成弼進去倉庫穿員工背心時，詩賢豎起大拇指說。

「詩賢，妳也要快點考上公務員，等妳考上之後，我就送妳上班穿的套裝。」

「眞的嗎？可以買很貴的嗎？」

「新人穿太貴的衣服上班會被前輩盯上的。我會買一套價格合理的套裝給妳，所以妳要好好讀書。」

「好。」

「啊，話說回來，得要趕快找大夜班了。幫我問問妳的朋友，看有沒有合適的人選，我也會去教會的青年會問問看。」

「妳會給我仲介費吧？」
「當然，但如果找不到，妳就要來上大夜班喔。」
「我不要！」
「三天內找不到人的話，就得由我們兩個來上班了。吳女士有兒子要照顧，沒辦法上大夜班，除了我們之外還有誰？還有，妳覺得我這個老太婆有辦法半夜顧一整間店跟補貨嗎？」
廉女士一席話說完，詩賢露出有些尷尬的神情。她想了想，說：
「我去問問看，有空的人應該很多。」
「就說有個超讚的老闆。」
「沒問題。」
廉女士看著眼前的一大堆箱子嘆氣。明明生意不好，爲什麼訂貨時卻這麼貪心？她一邊埋怨自己，一邊動手搬起那些堆在門口的貨箱。送貨經理只會把貨放在門口，從門口到倉庫就要由便利商店員工自行搬運。才來回幾趟，廉女士就開始雙腳發抖。看著送貨經理放下最後一箱貨後離去的背影，她忍不住嘆了口氣。

成弼離職已經一個星期，大夜班果眞不是隨便就能找到人接手。前三天是由幾個月後就要入伍的教會青年支援，但他只上班幾天，就扯了個蹩腳的謊言說什麼父母反對，便拍拍屁股走人。雖然擔心這傢伙入伍後可能撐不了多久，但更讓廉女士擔心的是便利商店的大夜班。

後來廉女士只好自己熬夜上班，到現在已經是第三天了。詩賢「恰巧」有專題講座要聽，她一臉抱歉地說，自己一大清早就得出發去鷺梁津聽課。眞是討人厭！廉女士實在很想出個題目，考考詩賢是不是眞的這麼認眞在讀書。她畢竟是退休的歷史老師，公務員考試會出的歷史考題閉著眼睛都會答，在這個領域也確實能提供詩賢不少幫助。不過詩賢卻拒絕這個提議，因爲她希望將廉女士當成老闆而非老師。說不定詩賢在便利商店打工賺零用錢的時間，還比她讀書的時間多呢。

又在擔心別人了。必須趕緊找到大夜班員工，這才是現在最需要擔心的問題。白天打電話給兒子請求協助，卻受了滿肚子氣。兒子劈頭就質問廉女士是不是以爲他遊手好閒沒事可做，接著又說即便自己眞成了無業遊民，像他這種高級人才，怎麼可能去便利商店上大夜班？爲何不乾脆把店賣了，幹麼這麼辛苦？不如趁這機會賣掉，拿那些錢來投資自己的新事業等等。兒子不僅沒有任何幫助，反而說出一連串像在大肆數落廉女士的發言。廉女士最後只告訴兒子，休想從這間店免費拿到任何東西，就算只是一包口香糖也不會給他。然後便掛上電話，一口氣喝乾整罐啤酒後倒頭就睡，直到鬧鐘聲響起，才起床到便利商店跟詩賢換班。兒子的事讓廉女士越來越常喝酒，身爲上帝的信徒，眞的可以這樣嗎？上帝爲何要給我這個令人頭痛的兒子？又爲什麼要給我酒呢……廉女士實在想不透。

將貨物全部搬進倉庫並清點完畢後，時間已經過了午夜。現在則是要把訂來的貨放到貨架上，於是接下來整整三個小時，廉女士有如搬橡子的松鼠，在倉庫、貨架與冰箱之間來回穿梭。一切都結束時已經是凌晨四點，她上半身靠在櫃檯邊，一邊打哈欠一邊撐起惺忪的睡眼。她一方面覺得幸好沒有什麼客人，但同時又覺得這樣實在不行。「幸好沒有客人」的念頭，不管從哪個角度來看，都是這間店即將完蛋的徵兆。

叮鈴一聲，門被推開的同時，一群滿口髒話的人走進店內。是兩個滿是醉意，年紀約二十歲出頭的女生，以及另外兩個同樣滿是醉意的男生。兩名頭髮分別染成金色和紫色的女生說話很大聲，對話中不時夾雜著髒話，男生則配合那兩人，用裝腔作勢的口氣回應。不管怎麼看，都覺得這兩個女生應該不是淑明女大的學生。廉女士想，他們應該是在南營站那邊的酒館喝了幾杯之後才過來的。

「媽的，這裡沒有鯛魚燒冰淇淋啦！」

「哪有，就在這裡啊，年糕鯛魚燒冰淇淋！」

「我討厭年糕啦，超他媽討厭！」

「白癡喔，那你不會自己去找沒年糕的鯛魚燒冰淇淋，我要吃芝麻冰棒！」

「你們知道爲什麼要找鯛魚燒冰淇淋嗎？因爲便宜又大碗啊！」

「妳在說什麼啦？趕快放棄鯛魚燒冰淇淋吧。怎麼沒有芝麻冰棒？我想吃裡面的紅豆耶，靠。」

看著對話中不時摻雜一句髒話的這群客人，廉女士忍不住皺起眉頭。她提醒自己要忍耐，她的工作可不是對這些喝醉的孩子說教。

「這裡有栗子冰棒，拿去吃吧！」

「白癡喔，栗子冰棒是栗子！我要吃紅豆！」

「想吃紅豆就找紅豆剉冰啊，喔，在這！」

「天氣這麼冷，吃什麼紅豆剉冰啊？你這該死的白癡！」

「什麼？你他媽說什麼？我他——」

「喂，同學！」

實在忍無可忍的廉女士出聲制止，並告訴他們別在別人的店裡一直罵髒話，趕快買完趕快回家。最後她還是忍不住出聲了，她實在受不了年輕人滿嘴髒話，完全無法忍受這幾個人低俗的對話內容。不過這幾個人既不是廉女士口中的學生，也不是什麼正派青年，根本可以說是喝醉酒的流氓。他們擺出一副凶神惡煞的表情向廉女士靠近，看起來就像四個惡魔，讓廉女士緊張得吞了口口水。

走在最前面，染一頭金髮的女孩朝地上吐了口痰。

「老太婆，妳以爲妳是九尾狐嗎？妳是有幾條命可以死？」

「是你們先大聲的，監視器都拍到了。」

廉女士努力維持平常心並提出警告。這時紫色頭髮的女生把手上拿著的鯛魚燒冰淇淋，用力摔在廉女士面前。

「趕快給我結帳！小心我把妳宰了做成鯛魚的眼睛！」

兩名女子發出刺耳的笑聲，擺出一副隨時會動手打人的姿態，同行的兩名男子則在後面看著這幅情景傻笑。瞬間，廉女士心中湧現一股怒氣，她決定不再忍氣吞聲。

「我不賣妳們！出去！否則我要叫警察了！」

接著金髮女子拿起一個鯛魚燒冰淇淋敲廉女士的頭。事情發生得太過突然，廉女士只能睜大眼愣在原地，不知該做何反應。

「老太婆，妳剛才說什麼？『喂，同學』？我們哪裡看起來像學生？媽的，老廢物看到年輕人就以爲是學生。我沒在上學了好不好，我就是被像妳這樣的老師搞到退學的啦！」

當金髮女子又要用冰淇淋打廉女士臉的瞬間，廉女士抓住了她的手腕。

「妳是眞的欠罵嗎？」

廉女士用盡全身的力氣抓住女子的手，金髮女子雖然一邊叫著一邊試圖反抗，卻無法甩開廉女士的手，反而因爲來不及收回自己的力氣，而在廉女士鬆手的瞬間跌坐在地。紫髮女子見狀，立刻推了廉女士的肩膀一把，廉女士反射性抓住女子的頭髮，壓在放有鯛魚燒冰淇淋的櫃檯上。

「要把我做成鯛魚的眼睛？妳們是這樣對長輩說話的嗎？」

雖然紫髮女子拚了命掙扎，但廉女士還是抓著她的頭晃了好幾下，讓她整個人暈到站不住才放開。很快地，兩名女子兩眼失神地大口大口喘著氣，還不時咳個幾聲。這時，兩名男子面露凶光，廉女士見狀趕緊拿起有線電話的話筒，因爲只要把話筒拿起來放一段時間，就會立刻連接到附近的派出所。

「妳這老太婆，眞的想找死嗎？」

其中一名男子用要把收銀機打爛的氣勢向前衝來，廉女士嚇了一跳，立刻往後退到櫃檯裡面，接著那名男子噗哧一笑，並拿起話筒放回原位。

「妳以爲我們沒在便利商店打工過嗎？妳把話筒拿起來想幹麼？要叫警察來幹麼啊？」

我錯了，廉女士心想，比起拿話筒，她更應該按下收銀機上的緊急按鈕才對。

那傢伙咧開嘴笑著對同夥說：

「喂！掀了這間店吧！記得把監視器帶走，錢也別忘了！」

廉女士背脊一陣發涼，整個人動彈不得。兩名男子開始激動地怪聲怪叫，兩名女子則朝收銀機衝了過來。害怕的廉女士不知該如何是好，只能愣在原地瑟瑟發抖。

這時，叮鈴一聲，有人推開門走了進來。

「喂……你們……這群傢伙！」

如雷貫耳的聲音，讓四人瞬間朝門口看去。廉女士也好不容易轉過頭去看，才發現是獨孤，是獨孤站在門口。

「你們對大人……在做、做什麼！」

獨孤的聲音非常宏亮，完全無法跟說話總是唯唯諾諾，如一頭病懨懨的熊般蜷縮身體的街友聯想在一起。獨孤的出現對廉女士來說有如援軍及時趕到，令她心生感佩。不過這群不良少年眼裡所看到的獨孤，與廉女士心中的形象相去甚遠。

「這垃圾跑出來幹麼啊？天啊，好臭！」

「這傢伙是流浪漢吧？媽的，好髒，眞他媽倒楣。」

兩名男子同時朝獨孤衝去，獨孤則用身體擋住他們。其實就是擋住門口，用全身承受他們的攻擊。兩人看見獨孤的防禦絲毫沒有退讓，便打得更兇了。獨孤則開始將身體捲成一團，縮在門口一動也不動。

在一陣謾罵與毆打之中，突然傳來警鈴聲。兩名女子先察覺到異狀，兩名男子也明顯變得十分慌張。他們想推開獨孤逃走，但獨孤就像巨大障礙物一樣擋在門口，怎麼也推不動，身上的臭味也讓一群人忍不住捏著鼻子。

「媽的，讓開啦！快讓開！你這坨屎！」

一看到兩名穿著警察制服的人出現，四人便不再繼續掙扎，這時廉女士也才終於鬆了口氣。她接著定睛一看，映入眼簾的是獨孤緩慢爬起來爲警察開門的可靠背影。瞬間，獨孤轉過頭來，對著廉女士露出大大的微笑。第一次見到獨孤的笑臉，他的眼角卻沾滿了受傷流下的血。但獨孤毫不在意，仍用沾滿了血的臉對廉女士笑。

到了警察局，一群不良少年的父母很快跟著趕到，其中一名中年男子看見獨孤浮腫受傷的臉，便提議要以金錢和解。意外的是，獨孤竟然不想要錢，而是要求了其他的東西。他靠近那幾個酒還沒醒的不良少年，要他們舉起雙手。四人一開始有些猶豫，但在中年男子的威逼之下，他們立刻像被罰站的小學生一樣高舉雙手。

爲了這起事件來到南大門警察局的廉女士，在完成報案流程後，便和獨孤一起走向清晨的南大門市場。他們走過許多正準備開門做生意的商家，來到巷子裡的醒酒湯店。獨孤絲毫不在乎自己臉上仍貼著絆創膏，大口大口地把牛血醒酒湯往嘴裡送，見獨孤這副模樣，廉女士不禁心生憐憫，同時又因剛才那起事件而悶悶不樂，複雜的情緒令她遲遲沒有開動。

「最近的小孩都好可怕，你怎麼敢這樣招惹他們？」

「我……不是說過……兩個人我還有辦法。」

獨孤露出牙齒笑著，並摸了摸絆創膏，似乎把那當成是一個勳章。廉女士張口想說點什麼，才意識到自己也算是招惹了那些難纏的孩子。她看著獨孤露出一臉苦笑。

「謝謝你。」

「就、就當作……抵飯錢吧？」

「當然。不過你怎麼會剛好過來？」

「我聽說……老人家您……晚上都要上班。我睡不著……又有點擔心……就來了。」

「唉呀，我反而更擔心你。」

獨孤不知是不是有些不好意思，搔了搔頭便低頭繼續吃飯。

「剛才看到你這樣站出來，我還以爲你年輕時很會打架，都沒想到你竟然只是單方面挨打。幸好巡警剛好經過，不然你可能會傷得更重。」

「警察……是我叫的。」

「什麼？」

「附、附近……有公共……電話。我看到他們在找麻煩……就先去報警才過去……這樣只要……被打一下下……就有警察會來救我……」

廉女士當場驚訝得張大了嘴。她心想，獨孤不僅明事理，而且還非常聰明。最重要的是能爲了我來巡邏，還願意爲了我被打。瞬間，廉女士的腦海中滿是感嘆與感動。她定定看著一邊若無其事地搔著頭，一邊吃醒酒湯的獨孤。

「要叫瓶燒酒嗎？」

獨孤睜大了眼。

「……眞的可以嗎？」

「不過這是最後一次喝酒囉，以戒酒爲條件，來我們店裡工作吧。」

獨孤歪著頭，露出驚訝的表情。

「我、我……嗎？」

「你可以的。天氣很快就要轉涼了，來晚上也很溫暖的便利商店待著，順便賺點錢，多好啊？」

廉女士直視獨孤的雙眼，等待他的回答。獨孤避開她的視線，顴骨部位抽動了幾下，然後才用小小的眼睛看向廉女士。

「爲什麼……要對我這麼好？」

「這是你應得的。而且便利商店大夜班眞的很辛苦又可怕，我實在做不來，必須由你來幫我工作。」

「但……妳不知道……我是誰啊。」

「我怎麼會不知道？你是幫助我的人啊。」

「我都不知道自己是誰了……妳能相信我嗎？」

「我退休前是高中老師，幾十年來教了上萬名學生，我會看人。只要你戒酒，就一定能做得很好。」

獨孤摸著自己的鬍子沉默了好一會，廉女士注意到他的嘴唇會不住抽動。雖然這個提議來得突然，不過如果被拒絕，廉女士心裡也會有些不是滋味。她焦急地想催促獨孤不要再繼續摸鬍子，趕快給她個回答。

就在這時，獨孤彷彿下定決心般看向廉女士。

「那……就再一瓶吧……只喝一瓶就戒……太難過了……」

「那就說定了。吃完飯以後我會先給你一些錢，你去桑拿房洗個澡，剪個頭髮再去買些衣服，好嗎？然後晚上就到便利商店來。」

「……謝謝。」

廉女士點了兩瓶燒酒。燒酒很快上桌，她直接打開並爲獨孤斟酒，然後幫自己也倒了一杯。

這份勞動契約，就在兩人乾杯之後即刻成立。

奧客中的奧客

詩賢做過很多不同的工作，便利店會成爲她工讀人生的終點，或許是再自然不過的結果。她很愛去便利店，而且便利店的工作內容，大多與她過往的工讀經驗相關，讓她得以將那些經驗運用在這份工作上。在美妝店學到的待客之道與結帳技巧，就跟便利店所需要的幾乎一樣；在物流公司負責小包分類業務，也和便利店的商品陳列有異曲同工之妙；除了在連鎖咖啡廳學會如何應對被員工稱爲「奧客」的麻煩客人，還在烤肉店碰過明明自己把肉烤焦卻怪罪店員的奧客，這種種磨練都使她的精神更加強大。

便利店的工作內容，除了綜合上述的業務之外，在合理範圍內回應奧客的需求也是重要項目之一。一年前，詩賢剛來這間便利店打工時，只花半天的工夫就交接完畢，之後便一直負責下午兩點到晚上十點這八個小時的工讀時段，她就這麼半工半讀準備公務員考試。要說能讓她穩定工作一年的最大原因，就是這裡的老闆人很不錯，這點對工讀生來說至關重要。就詩賢看來，在高中擔任歷史老師直到屆齡退休的老闆，可說是成熟大人的典範。近來便利商店經營者為了規避勞基法中每週工作超過一定時數，就必須再額外支付員工一天薪水的規定，幾乎不會讓兼職人員一週上班五天，而是以兩天班、四天班的方式輪值，讓許多兼職者無法長時間在同一個地方上班。但這間便利商店的每一位兼職人員都可以一週上五天班，而且老闆也將雇主與員工之間的權責區分得非常清楚，除了以身作則之外，更重要的是廉女士相當重視員工。

「老闆若不重視員工，員工也不會重視客人。」

由於詩賢的父母是從事餐飲業，這句話她自小就背得滾瓜爛熟。開店終究是人的事業，不重視客人的店家和不重視員工的老闆，都會落得相同的下場，也就是終有一天會倒閉。不過賺錢實在不容易。這一陣子，附近多出兩間新的便利店，而且在這個老年人口較多的地區，居民們偏好社區小型超市更勝便利店。雖然附近還有淑明女大的學生，不過便利店距離學生上下學的馬路有段距離，況且學生的消費水準對營收實在幫助不大。總之，到最後就只剩下住在附近寄宿家庭或在外租屋的學生，會來光顧這間便利商店。

對詩賢這位兼職人員來說，生意不好代表著工作非常輕鬆。這種能讓兼職人員輕鬆愜意的便利店，她自然不可能輕易辭職。但這個想法也讓她對老闆感到抱歉，因此她總是盡力拿出最親切的態度對待客人。至少要有會持續上門的老客人，店面才能維持下去。

即便是歷經千錘百鍊的詩賢，也非常討厭最近經常上門，不知從哪搬來的一名奧客。這名四十多歲的中年大叔又瘦又小且雙眼外凸，一副惹人厭的模樣。第一次來消費就講話非常不客氣，付錢還用丟的，讓詩賢嚇了一大跳。這人簡直把詩賢當機器，不但用很沒禮貌的口吻說出自己的需求，還超級沒耐性。但是跟客人抗議這點又覺得有些失禮，於是詩賢只好摸摸鼻子，默默承受下來，雖然她心裡很不是滋味。有一次，在促銷活動剛結束的第二天，那名客人拿著活動中買二送一的餅乾來結帳。當詩賢告知客人說促銷活動已經結束，這名客人便像特務審問犯人那樣開始連連質問。

「為什麼不能買二送一？」

「先生，活動只到昨天而已，所以已經沒有買二送一了。」

「既然活動結束了，爲什麼不把牌子撤下來？我想了很久才挑好要買什麼，現在這是怎樣？這次就給我買二送一吧。」

「我沒有辦法幫您這樣處理，活動宣傳上有寫期限，如果您有確認……」

「拜託，我有老花眼，妳是要我去讀那麼小的字嗎？現在只要超過四十歲就會有老花眼，你們應該要把活動時間寫大一點啊！這是在歧視中年人是不是？就當作向我賠不是，給我買二送一吧。」

「先生，眞的很抱歉……可能沒辦法。」

「這些爛餅乾我也不屑吃，我要香菸。」

「請問您要哪個牌子？」

「就我每次買的那種啊，我每天都來買香菸，妳應該要記得我買的牌子啊！這樣對老客人，難怪你們生意這麼不好。嘖。」

沒撤下過期活動的告示牌是詩賢的第一個失誤。知道客人抽哪個牌子的香菸，但被對方的無理取鬧弄得有點恍神，下意識詢問是哪個牌子則是詩賢的第二個失誤。其實若不是這位客人有老花眼，就能自己確認促銷活動時間，詩賢也就不算有第一個失誤，但第二個狀況甚至根本不算犯錯。只是這該死的奧客利用這個狀況報復，趁機多唸了詩賢幾句。

收下香菸，把錢丟在櫃檯上之後，這傢伙拿了找回的零錢便走到戶外的座位區抽菸。雖然外頭貼著禁菸，但他毫不在意，抽完後還隨便將菸蒂一丟便拍拍屁股走人。什麼奧客行為都做盡了，還去計較一些根本不算錯誤的小瑕疵，這傢伙眞可以說是奧客中的奧客。

每到晚上八至九點的奧客出沒時段，詩賢就會開始忐忑不安。只要聽見門口的鈴鐺聲響，再看見那張雙眼外凸如金魚的臉孔出現，詩賢便會緊張慌亂，直到奧客結完帳離開，才能放鬆。她總是不安地想，不知對方今天又會拿什麼事來找碴，心裡非常不舒服。不過幸好，他只會在這段時間出沒。正因爲對方總是在固定時間來買香菸和零食，所以詩賢總是安慰自己，就當是隔壁住了個惡鄰居，偶爾碰到面總免不了吃點苦頭。

深秋即將過去的某個夜晚，老闆帶著一名男子走進便利商店，把詩賢嚇得目瞪口呆。她第一次深刻體會到，原來鬍子對一個男人的長相眞的有著莫大的影響。她知道無論男女，每個人的形象都很容易受「毛髮」影響，但看見獨孤將原本那蓬亂如雜草般隨意生長的鼻毛、鬍鬚都整理乾淨後，詩賢第一個聯想到的不是那令人敬而遠之的街友，而是端正瀟灑的親戚叔叔。獨孤將頭髮剪短，換掉身上那套彷彿是用髒水清洗的夾克和棉褲，穿上寬大的T恤搭配牛仔褲，看起來簡直變了個人。雖然眼睛有點小，但高挺的鼻梁以及少了鬍鬚的乾淨面容，讓人甚至能從他看似堅毅的下巴線條當中，感受到一絲迷人的男子氣概。而且他還有寬闊的肩背，抬頭挺胸不再彎腰駝背的模樣，讓他看起來更加高大挺拔。

老闆帶著脫胎換骨的獨孤出現，像是在介紹自己一手打造出的機器人一樣，以滿意的表情告知詩賢，未來由獨孤負責大夜班。太傻眼了。詩賢雖因獨孤的大變身而對他留下短暫的好印象，但一聽到這番話，詩賢隨即感覺大事不妙，果然老闆接著就建議詩賢可以爲獨孤進行教育訓練。我的天！老闆所謂的建議，不就是命令嗎？

詩賢回說，教育訓練還是請有豐富教育經驗的老闆親自進行會比較好，但是這提議立刻遭到回絕。原因是，無論是收銀機的操作還是接待客人的方法，都是年輕的詩賢更能掌握訣竅，至於老闆就盡老闆的職責，負責教導獨孤該如何在夜間收貨、陳列店內商品。詩賢無奈之餘只好答應。從現在開始，她必須跟老闆一起，把獨孤打造成這間便利商店的員工，因爲大夜班這個職缺，不能總是由老闆來頂替。

其實詩賢也不是特別講義氣或是多會照顧人，來往的朋友也不多，說起來她其實更像人們所謂的「邊緣人」。平平凡凡讀到大學畢業，評估最適合自己個性的工作，或許就是類似公務員這種平凡職業，於是畢業後就開始準備九級公務員考試。問題是現在她身邊的人個個都在準備考公職。就連那些在詩賢看來生活得多采多姿、經歷華麗到不行的朋友，都以工作穩定爲由開始挑戰公職考試，也因此競爭率高得嚇人。這些傢伙不是很有挑戰精神，而且又是「話題人物」，還去國外進修過嗎？既然這樣，就應該往更積極進取的領域去找工作才對，爲何大家都想當一看就知道無聊到爆的公務員？這種事情，就應該交給像我這種已經很習慣無聊的人才對啊！詩賢不滿又懊惱地想著。

另一方面，廉女士的便利商店對詩賢來說，就像是公務員生活的體驗。大學畢業後就業失敗，一邊準備公務員考試一邊輾轉打過幾份工，最後終於在這裡落腳，讓她能夠穩定維持現在的生活。上午到鷺梁津那邊的補習班去聽課，下課後搭地鐵到南營站，在便利店上完下午班後，回到位於舍堂洞的家中，對她來說已是再熟悉不過的日常。媽媽總是問她，爲何不在家附近的便利店打工就好，何必特地跑到青坡洞來？但對詩賢來說，沒有什麼比在家附近的便利店工作，然後經常碰到熟人或家人更讓她害怕的事。而且青坡洞其實是她以前單戀的男生住過的社區，她也曾跟著那個男生來過幾次，算是具有特殊意義的地方。兩人曾經在一間名叫鬆餅屋的店裡吃了超美味的草莓刨冰，進行一場短暫的類約會……但那傢伙幾年前突然跑去澳洲打工度假，一直到現在都沒有回來。搞不好他最後決定跟高大的澳洲女人一起生活，或是在照顧袋鼠的打工期間跟小袋鼠墜入情網也說不定。

總之，位在青坡洞小巷子裡的這間便利店，是如今最能讓詩賢感到安心的空間。在考上公務員之前，她完全不打算離開這裡。事實上除了準備公務員考試之外，詩賢還曾經規畫到日本去打工度假，不過這個計畫最後無疾而終，也讓詩賢更決心要守著這間便利店。其實之前是因爲單戀對象去澳洲打工度假斷了音訊，讓詩賢也決定到日本打工度假。

她本來就是日文系，又是日本動漫宅，選擇日本很理所當然，只是計畫一天拖過一天……結果韓日之間的貿易戰竟該死地在今年六月開打，兩國關係大幅惡化，也讓她的B計畫成了遙不可及的夢想。甚至就連當上公務員後，能每一季、每週末到日本小城鎮旅行的夢想也變得遙遙無期。

在夢想因外交問題而嚴重受挫之後，詩賢才終於確實體認到自己眞是社會的一分子。過去她始終認爲，到廣場上舉燭火示威或爲國家足球隊加油的人，和自己是截然不同的人類。她的人生只存活在房間角落的螢幕裡，有了網飛之類的串流平台或網路就能充分接觸世界、享受人生。難道就是因爲這樣，待在便利店這個專屬於她的溫室裡，才會感到如此舒適，是這樣嗎？有時她甚至會想，與其成爲公務員，不如繼續當個便利店工讀生還更好。辛苦考上公務員後，也許會發現那裡只是間更大一點的便利店。她會在那個爲國民謀求便利的空間裡，過著遇見另一個奧客的人生……總而言之，現在這個熟悉的空間，是詩賢必須守護的安樂窩。

爲了守護這個地方，詩賢必須幫助街友獨孤變身。提供獨孤報廢便當時，詩賢感覺自己像在做善事，總是心情很好。不過要正式教育對方、與對方交流，卻讓她備感壓力。首先，她必須熟悉獨孤結結巴巴的說話方式，以及他慢吞吞的行動。最重要的是，雖然獨孤已經洗過澡了，但身上仍隱約散發出街友的味道，這也是必須忍耐的事項之一。

獨孤認眞聆聽詩賢說的話，他掏出一本不知從哪找來的老舊筆記本，把原子筆漏出來的一坨墨水抹在紙上，然後依序寫下接待客人的順序，甚至還畫圖搭配筆記，仔細記下貨架的整理規則。爲了嘉獎他的努力，詩賢耐心地一一教他。當客人進門獨孤卻遲遲沒有問好時，詩賢便會用手肘撞一下他。接著獨孤便會迸出一句「歡、歡迎……臨」。客人都不覺得那是在問好，還當成是詩賢與獨孤在對話。詩賢只能嘆口氣，帶著獨孤回到櫃檯。

兩人並肩站在櫃檯內，詩賢慢慢示範結帳步驟給獨孤看，獨孤則站在一旁死盯著詩賢結帳的模樣。不過即使這麼認眞學習，獨孤仍無法立刻獨立負責櫃檯。

「雖然今晚老闆會跟你一起上班，但從明天開始你就要自己一個人了，這些步驟要記清楚喔。」

「好，我知道了。可是……那兩個一起結帳的時候……」

「你只要相信電腦就好，資料都輸入在裡面了。進貨商品都會立刻更新在裡面，你只要拿掃描器掃條碼就好。」

「就這樣，拿起來，掃就好。」

「掃什麼？」

「掃商品。」

「掃那個……很多條線的……條碼嗎？」

「就是條碼。總之，就是用掃描器掃描條碼，這樣就好了，可以嗎？」

「可、可以。」

詩賢雖有些頭昏腦脹，但教導並指點看似比自己年長二十歲的大叔讓她十分得意。最重要的是，老闆在便利店裡的座位區，跟朋友一邊聊天一邊觀察詩賢進行教育訓練，這也讓詩賢感到相當開心。詩賢很喜歡老闆，如果學生時期能遇到這樣的老師，她說不定就不會成爲動漫宅，而是會成爲歷史宅。

總之，她必須讓這位口齒不清又笨手笨腳，才剛擺脫街友身分的大叔，變成能夠獨自站在櫃檯提供服務的店員。詩賢以銳利的眼神，打量著突然開始在筆記本上畫起條碼的獨孤。

隔天，原本站在櫃檯裡、負責早班的吳女士，一看見補習班下課後來到便利店的詩賢，便立刻靠了過去。

「詩賢，那個像頭呆熊的人到底是誰啊？」

詩賢哼地笑了一聲。她還是第一次覺得大人們常講的「呆熊」，是個非常貼切的用詞。吳女士似乎誤以爲獨孤是詩賢帶來的，所以才來向她盤問。奇怪，爲什麼吳女士的口氣聽起來總像在盤問呢？是個性天生如此，還是因爲她兒子太愛惹事生非，以致她總是用這種充滿攻擊性的語氣說話？甚至連對客人都是這樣！

「不是啊，妳不要一直笑，快點回答我的問題！他是妳介紹來的人嗎？他原本是做什麼的？怎麼我說什麼他都聽不懂，說話還結結巴巴的……」

「不是我介紹來的，是老闆自己找的。」

詩賢懶得多做解釋，帶著認眞的表情簡短回覆後便進到倉庫。

能讓吳女士恭敬說話的，只有老闆一個人而已。她是跟老闆上同一個教會的鄰居，把老闆當成自己的姊姊一樣追隨。她這麼做也是有原因的。雖然吳女士認爲自己個性果決，但其實是性格冷酷又愛生氣，完全不適合從事服務業，願意接受並提供她工作的人就只有這裡的老闆，因此她自然忠心追隨。

吳女士一看見詩賢換上制服背心出來，便立刻開始嘀咕。

「老闆到底是從哪找來這種人的？怎麼都不跟我說一聲……詩賢妳知道些什麼嗎？快告訴我。」

「我也不太清楚。」

一旦說出獨孤之前是街友的事，吳女士肯定會像國家面臨存亡危機一樣拒絕下班，甚至可能會一直黏在自己身邊唸個不停，於是詩賢決定不必要的閒話少說爲妙。不過她還是忍不住嘆了口氣，不知道自己究竟什麼時候才能擺脫這位大嬸的連番追問，好好開始今天的工作。

「眞是搞不懂耶，老闆似乎是認爲大夜班太辛苦，就隨便找了一個人。在我看來，那個人肯定會闖出大禍。他可能會跟晚上喝醉酒的客人起爭執，或是結帳結得亂七八糟，再不然也可能會偷拿錢……我們是不是該一起跟老闆提出反對意見啊？」

「我不知道耶。不過……我覺得他不像壞人。」

「哪個人一開始不是乖乖的？詩賢妳沒出過社會所以不知道，那種看起來散漫又木訥的人，最後都會回過頭來反咬妳一口。老闆也是，以前都是待在學校裡教書，根本不知道社會上有多少壞人。」

「其實我晚上也要教他怎麼結帳，眞的很辛苦。但又能怎麼辦？現在就是沒有人上大夜班啊。」

「那妳身邊有沒有沒工作的朋友？」

我錯了，詩賢心想。實在不該隨便接話，給了吳女士繼續追問的機會。

「我沒什麼朋友。」

「奇怪，年輕人怎麼會沒朋友？現在正是要常常跟朋友來往的時候啊。」

是怎樣？現在是要吵架嗎？詩賢壓抑自己的怒火，以開朗的表情問：

「那您的兒子呢？上次您不是說他整天在家玩遊戲，讓您很頭痛嗎？」

「唉唷，我兒子做不來這種工作啦。他最近說要準備考公務員……我想說何必考什麼公務員，乾脆去考外交特考，以當外交官爲目標，好歹他也是挺會唸書的。」

輸了。這大嬸的戰鬥力眞是令人無法招架。

「外交官也是公務員啊。」

詩賢一邊小聲回嘴一邊看著收銀機的螢幕，假裝在認眞工作。吳女士則又回到一開始的呆熊話題，強調自己才是這間便利商店的老大。拜託，這種事情她就應該直接去問老闆啊，爲什麼要來對我發牢騷？說不定是因爲最近老闆對詩賢很好，吳女士心生嫉妒才刻意來挫挫詩賢的銳氣。可是兩人又不是同一個時段上班，詩賢實在不知道吳女士何必如此緊張。

詩賢早就決定，無論發生什麼事，只要考上公務員，她就會立刻辭去便利商店的工作。她暗自下定決心，一定要在離開這裡之前，好好嘲笑吳女士兒子在外交特考中落敗的模樣。

最後吳女士抛下一句加油便離開店裡。正當詩賢鬆了口氣，想說終於能一個人靜一靜時，正好有客人上門。幾名女大學生一邊聊天一邊走進店內，瞬間讓店裡熱鬧了起來。年輕眞好。不過妳們也沒剩多少時間了。大學一畢業，就得像我一樣，領著最低薪資一邊準備未來。一想到這裡，詩賢不禁覺得自己老了，也更憂鬱了。沒成就、沒錢也沒男友的二十七歲深秋……這樣再過幾年就三十了。她始終認爲，人到了三十歲，青春便澈底結束，而她也很快必須接受這個事實。

「我要結帳。」

詩賢瞬間清醒過來。三名女大學生將一堆商品放在櫃檯上，用銳利的眼神盯著她。詩賢決定暫時不去想年齡的事，專心幫三人結帳。

呆熊像是準備好要吸蜂蜜一樣登場。冬天就快來了，曾經是街友的他，光是能在溫暖的便利店裡過夜，就是件很幸運的事了吧？有免費的飯可吃又能賺錢，眞是跟蜂蜜一樣甜滋滋的好機會。或許是明白了自己現在的處境，獨孤今天也盡可能地穿著乾淨整齊的服裝，在八點五分抵達便利商店。

從八點到詩賢下班的十點爲止，獨孤要繼續學如何與客人應對和結帳，十點起則是跟老闆學夜間工作的守則。今天是上班的第二天，不知道還要這樣多久，獨孤才能完全熟悉所有工作。詩賢覺得自己之所以這麼認眞做這份額外的工作，一方面是因爲老闆盯著看，另一方面是可以藉著這位熊大叔來抒發自己的壓力。因爲這位才到職一天的實習大叔，竟一進店裡就隨便跟詩賢打個招呼，然後逕自走進倉庫。沒過多久後他拿著咖啡出來，一邊看著窗外一邊喝咖啡。他喝的甚至不是三合一咖啡，而是即溶黑咖啡！那即溶黑咖啡是老闆自己想喝所以才開的，詩賢跟吳女士因爲在意老闆的觀感，還達成不去碰即溶黑咖啡的共識，沒想到這熊大叔竟然喝起黑咖啡裝優雅……眞是太不像話了。

「晚上……一直很睏……就一直喝咖啡。這個……是最好喝的。」

獨孤不知何時走到詩賢身邊，自顧自地說著。詩賢苦笑了一下，然後沒好氣地說：

「即溶黑咖啡只有得了糖尿病的老闆才能喝！」

獨孤拚命點頭，然後好像嘀嘀咕咕地在說什麼。詩賢怕他是在罵自己，便有些惱火地質問：

「你剛剛說什麼？」

「那個……是老闆……就是老闆建議我喝的……」

「什麼？」

「其實……很多街友……也有糖尿病……」

「你說什麼？」

「因爲街友……都亂吃東西……腎臟容易出問題……」

「誰說的？」

「早上……晨間節目的專家說的……我在首爾車站天天都在看電視……所以我知道。」

「好，那你多喝一點好好照顧健康吧。」

詩賢再次提醒自己，稍早已經決定今天要盡量少說點話。吳女士話很多，獨孤說話結結巴巴，兩個人都很難溝通，眞想跟一個能好好溝通的人一起工作。實在搞不懂老闆爲何這麼有同理心，因爲以前是老師嗎？還是因爲在教會擔任輔導員？或者人只要上了年紀，就能培養出這樣的能力呢？

叮鈴，一聽見客人進門的聲音，詩賢便轉過頭對獨孤使了個眼色。他又慢吞吞且含糊地用「歡迎……臨」打招呼，再一邊喝著咖啡一邊走向櫃檯。詩賢讓開一個位置，打算以鷹眼監視他結帳，沒想到糟糕的是，來的竟然是奧客中的奧客。幾天沒見他出現，讓詩賢感覺像拔掉蛀牙一樣神清氣爽，眞沒想到他竟然會在獨孤的教育訓練時間上門……詩賢靠近獨孤耳邊低聲說：

「這是奧客，你要繃緊神經。」

「妳說什麼？什麼……客？」

「他很討人厭，討人厭的客人就叫奧客啊。」

「啊，對，討人厭……哪裡討厭？」

「噓，別這麼大聲。啊——」

彷彿是聽見兩人在談論自己，奧客若無其事地往櫃檯靠近。在詩賢還沒來得及再度提醒獨孤要多注意之前，他就把幾包餅乾丟在櫃檯上。獨孤像黑猩猩拿到智慧型手機一樣，笨拙地拿起條碼掃描器，開始專注在眼花撩亂的零食包裝上找條碼。錯了，應該要先問對方要不要買袋子才對。唉唷，不管了啦，船到橋頭自然直，詩賢決定放寬心胸面對一切。終於找到條碼並完成掃描的獨孤，結結巴巴地說出價格。

奧客看了詩賢一眼，嗤笑一聲，似乎是察覺到現在正在訓練新人。

「香菸。」

獨孤看著奧客歪了歪頭。

「……我不抽菸……」

「我要買香菸。」

「啊，香菸……哪一種？」

「喂，你怎麼這樣跟客人講話？你幾歲了？」

「不、不知道。」

「哈，眞是笑死人了，你是白癡嗎？」

「不是……哪種香菸？」

奧客不屑地笑著轉向詩賢，詩賢朝香菸陳列架伸出手，奧客卻出聲制止，並轉頭瞪著獨孤說：

「就來測驗一下他是不是白癡吧。我要 ESSE CHANGE 四毫克的，快點！」

ESSE 這牌子的菸種類非常多，必須認眞找才找得到。尤其 ESSE CHANGE 有分一般、UP、LiNN、Bing、喜瑪拉雅等，種類繁多到讓人頭痛。不抽菸的詩賢想起，自己一開始就是因爲客人隨口說出的 ESSE 香菸種類而吃盡苦頭。奥客通常是抽登喜路的六毫克，偏偏今天故意給獨孤出了最難的題目。

不過獨孤竟然一次就找到 ESSE CHANGE 四毫克並刷好條碼了！不知道是不是好勝心作祟，奥客接著將信用卡丟在櫃檯上，獨孤則恭敬地拿起卡片結完帳再將卡片歸還。

「袋子呢？」

這傢伙像在考試一樣質問，詩賢則努力忍住不要介入。獨孤的視線在商品與奥客之間來回看了幾下，然後嘻嘻笑說：

「就……就直接用手拿吧。袋子……是塑膠做的……對環境不好。」

聽完這話，奥客的表情變得僵硬，像是要吵架一樣彎腰靠近獨孤。

「我家離這裡很遠，沒有袋子是要怎麼拿回去？」

「那、那就……買吧。」

「你應該先告訴我啊，袋子要多少錢，你還要我刷卡嗎？乾脆直接給我一個吧。」

「這……這個……沒辦法耶。」

「奇怪，你對客人造成困擾，就應該要想辦法解決吧？這裡不是便利商店嗎？我說錯了嗎？」

奧客語帶嘲諷地說。半開玩笑半威脅的語氣，讓現場氣氛十分緊張。事情麻煩了，緊張的詩賢想出面解決，獨孤卻在這時突然拍了一下手。

正當奧客跟詩賢都愣住時，他去倉庫拿出自己的環保袋。那是一個上面印有環保團體標誌，已經褪色且皺巴巴的袋子。獨孤拿著袋子走到櫃檯邊，將裡面僅有的原子筆、筆記本和報廢的三明治倒出來，並開始將這些零食裝進環保袋裡。這幅景象令奧客嘖嘖稱奇，以看著珍禽異獸的眼神打量獨孤。

「你現在在幹麼？」

「把東西……裝進去……」

「你怎麼能把商品裝在這髒袋子裡？」

「雖然髒……但洗一洗……就可以了。」

詩賢終於看不下去，站了出來。

「很抱歉，他是第一天上班……我幫您用塑膠袋裝起來。」

詩賢伸手抓住獨孤手上的環保袋，獨孤卻絲毫沒有退讓的意思。他將手足無措的詩賢往後擠，並伸長自己的手把環保袋遞到奧客面前。奧客瞪著獨孤看了好一陣子，詩賢也尷尬地看著獨孤。

獨孤的眼睛小到像是完全沒睜開，但也因爲這樣更顯冷峻。緊閉的嘴唇與寬大的下巴則是像武器一樣向前突出。獨孤一直舉著環保袋不發一語，一旁的詩賢不知該如何是好，只能再度轉向奧客。那傢伙像是要用眼神殺人一樣，一雙凸眼睛狠狠盯著獨孤，但是由於獨孤全無退讓之意，反倒令他開始慌了起來。最後他很不耐煩地從獨孤手上搶過環保袋，拎著袋子轉身離開店內。因商品重量導致肩膀歪向一邊的背影，看起來像極了一把歪斜的天秤。

兩名成年男性之間的短暫意氣之爭，讓詩賢像煮過的蝦子一樣縮起身子。獨孤卻彷彿什麼事也沒發生一般，專注地用原子筆在筆記本上寫下「一定要先問袋子……」。詩賢努力遺忘奧客剛才的凶狠表情，清了清喉嚨說：

「獨孤，總之你沒給他袋子眞是太好了。」

「對、對不起。我……忘了。詩賢小姐……明明就有教我……」

「你不用道歉，下次記得就好。還有……就算對方是奧客，但客人畢竟是客人，你不能跟他爭。」

獨孤笑了出來。

「兩個人……我還應付得來。」

雖然不知道他想說的是能同時跟兩個人打架，還是可以一次接待兩名客人，但從他的笑臉上，已經看不見剛才令人心驚膽跳的可怕眼神。詩賢鬆了口氣，隨即想起剛才困擾著她的事情。

「你怎麼能一下就找到對的香菸？」

「晚、晚上有很多客人買香菸……我就背起來了。ESSE有ESSE ONE、ESSE Special Gold、ESSE Special Gold 一毫克、ESSE Special Gold ◯．五、ESSE 秀◯．五、ESSE 秀◯．一、ESSE Golden Riff、ESSE Golden Riff 一毫克……」

獨孤像在背九九乘法表一樣，一口氣吐出一整串香菸的名字，讓詩賢嚇了一大跳，愣了好一會兒才回過神來打斷他。

「好了，你一天就全部背下來了嗎？」

「……晚上沒事情可做……我又很睏……」

「你以前很愛抽菸嗎？」

「不、不知道。」

「不知道？你不記得自己抽不抽菸嗎？」

「我不知道……自己抽不抽菸。」

「你得了失憶症嗎？」

「因爲酒……所以……腦袋壞掉了。」

「那你還記得多少以前的事？」

「不、不知道。」

唉唷，眞是的……詩賢想起自己原本還下定決心要少開口，瞬間感到非常後悔。不過能夠讓那名奧客知難而退，眞的讓她很痛快。詩賢決定，以後就算獨孤喝即溶黑咖啡，她也不會討厭獨孤了。

到了下班時間老闆仍沒有出現，詩賢傳了一封簡訊問老闆人在哪，收到的回覆如下：

「我去參加教會的週三禮拜，現在回家了，從今天開始獨孤一個人上班。」

詩賢回傳問：「這樣可以嗎？」

老闆回：「妳覺得如何呢？」

「這……」

詩賢短暫思考了一下並看了看獨孤，他正在一邊把火雞麵補到貨架上，一邊喃喃自語地背著核爆級辣雞麵、起司辣雞麵、奶油……辣雞麵等商品的名字。看著獨孤半蹲著，一邊唸一邊將杯麵排列整齊的模樣，詩賢回了一個肯定的答案給老闆。

就這樣過了一星期，每到晚上八點，獨孤便會穿著同樣一套服裝，彎腰駝背地拖著步伐來上班。除了不再「呆」之外，他的動作仍然很慢，不過在說話結巴問題大幅改善之後，他已經顯得正常許多。這段時間他也像機器一樣，一一完成上班時間的教育訓練。首先清理室內外的座位區，然後爲空貨架補上商品，接著處理報廢品，最後是自動自發用抹布擦拭飲料冰箱。

獨孤不用再進行實習訓練了，詩賢已經沒有東西可以教他。很多事情他不需要問詩賢也能做得很好，反倒是詩賢開始對獨孤感到好奇。入夜後來消費的客人並不多，詩賢和獨孤一起站在櫃檯內吃紫菜飯捲配牛奶。

「大叔，你白天都待在哪裡啊？」

喝完草莓牛奶之後，詩賢開口提問，獨孤則快速吞下飯捲，轉過頭看著詩賢。

「老闆……預支薪水給我……我用那筆錢……租了首爾車站對面……東子洞

的……一間……蟻居房*。」

「那你是白天睡在蟻居房，晚上出來上班囉？平常也都在那邊吃飯？」

「蟻居房……像棺材……只能躺著……下班後我就回家，吃報廢的三明治……睡醒就出來……在首爾車站看電視……然後過來。」

「你不能不去首爾車站嗎？如果你跟街友朋友見面，被他們拉走怎麼辦？」

「他們不會……我要去首爾車站……看電視，還要觀察人群……」

「大叔，你現在說話已經沒什麼問題了，也應該想起過去的事了吧？像是你住哪、你的家人、職業之類的，你都沒想起來嗎？」

獨孤頓了頓，然後搖搖頭。接著他一下子把剩的兩塊飯捲塞進嘴裡，然後拿起牛奶盒用力吸吸管。不知為何，詩賢總覺得他用力吸著牛奶的樣子，就像拚命在回想過去似的。看著喝完牛奶後舔舔嘴唇的獨孤，詩賢開口問：

「你在這邊工作應該覺得還好吧？」

「都很好……就是不能喝酒，很辛苦。」

「大叔，你現在有了工作，又有地方睡覺，還不用餓肚子，難道就因為不能喝酒而覺得不滿意嗎？」

「去收容設施就能睡覺……去供餐的機構……也有東西可吃……但工作就不能喝酒……我頭很痛。」

「唉唷，是因爲你已經習慣酒醉頭痛的感覺，所以現在不喝酒反而讓你難受。你只要繼續堅持下去，以後就不會痛了，知道嗎？」

他對詩賢露出一個幾乎就要看不見眼睛的微笑。詩賢覺得自己是以便利店前輩的身分，在教導獨孤這個人生的前輩。

「你已經畢業了。老闆說你好像都學得差不多了，以後可以不用八點來，十點再來就好了，所以明天開始十點再來喔。」

「謝謝。多虧妳幫忙……我學到很多。」

「沒什麼好謝的。」

「眞的……詩賢小姐好像……有教導人的才、才能……我都能馬上聽懂。」

「大叔，你很會說話耶。我想你在變成街友之前，應該很有成就……其實我在

＊一種非法隔間的雅房，房間面積不到兩坪，以無需房屋押金的月租形式出租，主要租客多為社會底層人士。

跟你說教的時候，你是不是覺得我很可笑？」

「沒有……我……腦袋空空的……真的腦袋空空，但妳很會教。如果妳不相信……就傳到網路上。那個收銀機的用法……妳真的教得很好。」

「我要上傳到哪裡？」

「那個油、油土伯……」

「油土伯？你是說 YouTube 嗎？為什麼要傳到那裡去？」

「需要的人……就會要看……」

「你現在話變多了，反而開始胡說八道了。為什麼要把收銀機的使用方式傳到 YouTube 上？」

「會有幫、幫助的。便利店很多……工讀生也很多……就像教我……那樣做的話……」

「大叔，我都自身難保了，幹麼還那麼麻煩去拍影片幫別人？我回家以後要忙著預習功課跟睡覺，很忙的好不好。」

「但是妳幫了我啊。」

「那……是因為老闆指示我幫忙。」

「雖然是老闆的指示……但妳還是講得很清楚。」

詩賢瞬間明白了。總之，她眞的給了這個男人一些幫助，自己確實可以以此爲傲。

「而且油……土伯那邊……可以賺錢。是電視上說的。」

獨孤雙眼發亮地看著詩賢。換成是平常，詩賢肯定是一笑置之，這次她卻陷入沉思，並努力回想好一段時間沒登入的 YouTube 帳號和密碼。

「您好，歡迎收看 ALWAYS 便利店收銀機教學第二集。」

詩賢對著收銀機螢幕架好智慧型手機，冷靜地朝著透過網路購物買來，價值兩萬六千五百韓元的麥克風說話。

「上星期我們已經教過收銀機的結構與基礎操作方式。今天繼續來學複合式結帳、退貨、交通卡儲值，還有 ALWAYS 點數儲值等第二階段的內容。首先是複合式結帳。來，客人拿著選好的商品來到收銀台，並告知說想分別用現金和信用卡結帳。這時請不要慌張，只要按照以下步驟處理就可以了。」

她將手機鏡頭轉向剛才事先拿到收銀機旁邊的巧克力，並繼續拍攝影片。

「首先刷商品的條碼並確認價格。這款巧克力是三千兩百韓元，客人想用現金付三千韓元，再拿信用卡付剩下的兩百元。客人經常會爲了避免找零而提出這類要求，這時請在收銀機的畫面上輸入收款金額兩百韓元，這是信用卡結帳的金額。收下信用卡後請按下結帳，這樣就會以信用卡支付兩百韓元。現在還剩下三千韓元，收下三千韓元的現金後按下結帳，這樣就完成了。很簡單，對吧？」

詩賢按下暫停鍵休息，並重播剛才拍下的內容。影片中可以看見她的手、收銀機及商品，搭配她沉穩的聲音一步步說明複合式結帳的方法。一開始要像教獨孤那樣，慢慢從小東西開始說明，這樣才不會讓機械白癡有太大的壓力。畢竟她自己也是機械白癡，剛開始打工時也覺得收銀機很難操作。但是現在操作收銀機對她來說是易如反掌，拍使用教學自然也像解決報廢便當一樣輕鬆。

詩賢清了清喉嚨，然後繼續拍下一段影片。

「接下來我們看看如何處理退貨。退貨時請先按下收據處理……」

影片獲得的回應比預期還要多。YouTube 上有各色各樣的便利店收銀機操作教學影片。有些是在漂亮的臉蛋與收銀機之間交替切換畫面，不知到底是在教操作收銀機還是在炫耀美貌。有些則是畫面與字幕都很華麗，還搭配音樂做得像綜藝節目一樣。相較之下，詩賢的影片單純又無趣，幾乎可以用「極簡主義」來形容。不過對於想有效熟悉收銀機操作的人來說，她的影片反而很受用。最重要的是，詩賢會一一回覆便利商店新人的問題。

大家都稱讚詩賢的收銀機影片速度不會太快，循序漸進的使用教學就像在教小學生一樣簡單易懂。也有人稱讚她的聲音低沉冷靜且不具攻擊性，聽起來非常舒服。每次看到這種留言，詩賢都會忍不住私下說話給自己聽。在自己耳裡聽來總是充滿睏意的聲音，竟能讓人們感到舒服安心，讓她覺得很神奇。

獨孤仍會提早一小時到班，打掃便利店四周、整理戶外座位區，然後開始和詩賢交接。他現在已經完全適應大夜班的工作，外型也有了大幅度的轉變，任誰都想不到，一個月前他還是個在首爾車站餐風露宿的街友。他用第一份薪水買下的白色厚夾克，讓他從可怕的棕熊搖身一變，成爲可樂廣告裡的北極熊。身材魁梧的獨孤，如今也成爲老闆和詩賢信賴的同事。昨天也是，如果沒有他的幫忙，絕對無法快速完成聖誕樹的組裝。最棒的是那位奧客中的奧客在和獨孤起過衝突後，便不再踏足這間便利商店了。這種欺善怕惡，遇到會跟他硬碰硬的人便逃之夭夭的態度，實在是有夠討人厭。

只有吳女士還繼續把獨孤當成眼中釘，她總會在詩賢來交班時說些獨孤的壞話。脾氣本來就不好的吳女士，如今似乎終於找到出氣筒，不過獨孤根本不當一回事。詩賢曾經問他，吳女士有沒有刻意給他壓力，獨孤搖了搖頭，淡淡笑著說：

「那個……給我的壓力比較大。」

「什麼？」

「酒類的冰箱……離我太近了……」

「你不能再喝酒喔！絕對不可以！」

詩賢不自覺地提高音量，獨孤似乎是明白詩賢的心意，便點了點頭表示同意她的話。

「我本來就是想……要找個辦法。」

看見獨孤嘻嘻笑的樣子，詩賢也放下心來。如果獨孤喝太多即溶黑咖啡，詩賢現在也會主動補上。獨孤讓她感受到，幫助他人是件很有意義的事，也明白原來自己有幫助他人的能力。她昨天在拍 YouTube 影片時也想起了獨孤，她就像是教導獨孤一樣，以沉穩且緩慢的步調說話、動作。幫助像街友這樣的人，不就是需要緩慢、漸進式地一步步靠近嗎？仔細一想，本來覺得跟這個社會毫無連結、主動孤立世界的詩賢，現在似乎開始找到與社會的連接點。而她之所以能有這樣的感覺，都是多虧了獨孤的幫助。

聖誕夜前一天，詩賢在與YouTube帳號連動的信箱裡，發現一封陌生的郵件。寄件人在信中提到，自己現在正在經營兩間ALWAYS便利商店，想找一個開朗的女生當夥伴，並留下自己的聯絡方式。

「什麼？這是挖角嗎？」

一介便利商店工讀生竟然被挖角，這合理嗎？而且對方如果眞要挖角，又是爲了什麼？會提出怎樣的條件？多給一千韓元時薪嗎？還是要同時兼任兩邊的工作？詩賢腦海中浮現一個又一個的疑問，她知道唯有撥打信中的電話號碼才可能得到解答。個性謹愼的她，帶著小小的期待和巨大的疑問，撥打對方在信裡留下的電話號碼。

接起電話的是一名嗓音沉穩的中年女子。她主動提起自己看了詩賢上傳到YouTube的便利商店收銀機操作影片，並說她目前經營兩間位在銅雀區的便利商店，近期還有一間新店要開幕，需要找一個人負責管理。也就是說，對方希望邀請詩賢擔任店長，負責經營整間新店。還無法完全掌握狀況的詩賢，支支吾吾地不知道該如何回答。於是對方主動提議，請詩賢到店裡來見個面，見過面後覺得沒問題再合作。令人驚訝的是，那間店離詩賢家非常近，於是她回答說明天下班後再過去拜訪。

約好碰面的那間店跟詩賢家搭地鐵只差一站的距離，老闆和吳女士年紀相仿，都是五十多歲的阿姨，但說話的口吻和給人的印象卻完全相反。對方以沉穩的語氣、慈祥的微笑說明自己把便利商店當成一項事業在經營，如今已經擁有兩間店面，最近又有一間新店即將開幕，並強調希望把這間店交給一名值得信賴的店長。

「您爲什麼會想請我當店長呢？」

詩賢小心翼翼地提問，畢竟她這輩子從沒接過這種提議，更不曾被其他人稱讚，所以她不得不小心應對。

「妳的 YouTube 影片打動了我。妳的語氣跟教學的方式都不是在炫耀自己的能力，而是眞心爲想學習的人著想。」

「我有嗎？」

「我甚至要上個月新請的工讀生去看妳的影片學習操作，妳已經幫了我很大的忙。以後要不要親自來我們店裡，幫新人做教育訓練呢？希望妳可以管理新的店面，偶爾到別間店幫忙教育新人。當然，到別間店出差時也會有出差費。」

詩賢可以感受到自己緊咬著嘴唇，不想讓對方發現自己其實很緊張。既是店長又是正職員工！一聽到薪資，詩賢忍不住張大了嘴，而且那間新店面離詩賢家走路甚至不用五分鐘。雖然她沒有勇氣以便利商店工讀生的身分面對家人和鄰居，但一想到自己是以店長的身分面對他們，詩賢不僅不感到丟臉，甚至還覺得自己未來走路都能抬頭挺胸了。

她決定把握這個升遷的機會，決定在同一個產業裡跳槽。

回家的路上，她發現街頭巷尾充滿活力，像是在提醒每一個人今晚是聖誕夜。大街小巷擠滿了情侶、掛滿紅白相間的裝飾品。雖然今年聖誕節仍沒有男友陪伴，但她一點也不覺得冷。

新老闆告訴詩賢，新的店面要在十天後開幕，請她盡快處理好離職事宜。新年要在新職場展開新生活，詩賢懷著既擔憂又愧疚的情緒等待廉女士來到店裡。每到晚上，老闆就會像剛下班一樣，來店裡聽詩賢報告今天一天的狀況，但她以後就只能聽別人的報告了。正當詩賢對此感到抱歉時，老闆竟拿著一個厚厚的白色紙袋走了進來。

「我買了一些鯛魚燒，一起吃吧。」

詩賢從紙袋裡拿起一個可愛的鯛魚燒，毫不猶豫地從頭一口咬下，感覺鯛魚燒就像老闆的心一樣溫暖。接著她開始向老闆說明事情的原委，老闆停下所有動作，專心聽詩賢說話。聽完後，她邊看著詩賢邊開始大口大口吃著鯛魚燒。

「太好了。」

「對不起，我突然要辭職……」

「不會啦，妳在這裡待太久了。我本來還擔心，我是不是要爲妳的職涯負責呢？這樣眞是太好了。」

「我知道您是故意這樣說的。」

「聽起來像故意的嗎？」

「對。」

「那我就老實說吧，其實我本來也想把妳辭退。妳也知道，我們店裡的營業額很糟糕，而且吳女士跟獨孤也都說希望可以多上幾小時的班……我打算把妳工作的時段拆分給我、吳女士和獨孤三人負責，這樣就能減少薪資支出。」

「什麼？」

「營業額減少就必須縮減人手，對吳女士跟獨孤來說，在這裡工作就是他們唯一的收入來源，所以我無法辭退他們。而妳住在家裡有吃有喝，也很快要考試了，我才想可以用專心讀書當藉口來辭退妳。」

「欸，您是開玩笑的吧？」

「是真的。」

「拜託您告訴我說這是玩笑話，不然我會很難過。」

「妳要傷心難過，才能無後顧之憂地離開啊。離開這裡到其他地方之後，妳就會開始想念這裡。想念才會讓妳更感激，不是嗎？」

「我已經很感激您了！」

詩賢感覺自己眼眶泛淚。成熟的老闆帶著笑容，繼續吃手上的鯛魚燒。詩賢也忍住眼淚繼續吃起鯛魚燒，感覺甜甜的紅豆餡像是幫她的舌尖在搔癢。

三角飯糰的用途

吳善淑，她這輩子遇過三個令她無法理解的男人。

第一個是她的老公。

即使一起生活了三十年，她依然無法預測這男人明天會做出什麼事。例如他放棄穩定的中小企業課長職位決心開店，還有花費幾年苦心經營一間店之後，又突然離家出走等行徑。他始終頑固又難以溝通。幾年前帶著一身病痛回來，善淑曾追問他爲何如此任意妄爲，老公卻都沒有回答。惱火的善淑像是要懲罰他一樣，每天追問相同的問題。不知是不是不想回答，最後老公再度離家出走，這使善淑再也無法獲得解答。往後她將永遠無法理解那個生死不明的老公到底在想什麼。

第二個是她的兒子。

她很疼愛這名由她獨力拉拔長大的獨生子，但父子終究是父子，兒子越大越像老公，盡做些令她無法理解的事。善淑只有在兒子大學畢業後立刻進入大型企業工作的那一刻，感覺自己長年的辛苦付出有了回報。可是，當兒子只做了一年兩個月便決定辭去那份人人稱羨的工作時，她又開始感到不安。更沒想到後來兒子投資起股票，把原本爲數不多的存款迅速花光；接著又說要當電影導演並報名補習班，還結交了一批狐群狗黨。甚至後來他爲了拍所謂的獨立電影而舉債，到頭來電影不僅沒拍成，創作計畫中斷也使他一度因憂鬱症而住院治療。

善淑怎麼也想不透，兒子明明有過人人稱羨的生活，幹麼要去碰股票和拍電影？這些事既不穩定又高風險。最後在善淑苦口婆心的拜託之下，兒子終於放下這些不切實際的夢想，開始準備外交特考。不過看著成天愁眉苦臉的兒子，善淑非常擔心他的憂鬱症會再度復發。每到這時，善淑總會在心裡吶喊：「臭小子，去外面工地上個幾天班看看，哪還有時間給你憂鬱？」

光是老公跟兒子這兩個難以理解的男人，便已經讓善淑的人生十分困擾，現在又冒出個渾身都是謎團的人物，一頭撞進她的人生，讓她滿腦子充滿疑問。這人就是一個月前成爲便利商店大夜班員工的呆熊，獨孤。善淑後來才知道他過去是名街友，聽到的當場差點沒嚇暈過去，但那時老闆自己負責大夜班非常辛苦，她也無法幫上任何忙，實在是無計可施。爲了維持便利商店的運作，那個情況下實在沒有辦法挑三揀四，她也沒有立場反對。

幸好這頭熊沒有引發什麼大問題，好好地扛起大夜班的責任。他也不像善淑擔心的那樣有濃厚的臭味，穿著也還算整潔，甚至還用老闆預支給他的薪水租了一間蟻居房、買了衣服、剪了頭髮，整個人煥然一新不再畏畏縮縮。看來這一切眞是太美好了。老闆就是樂觀的化身，是一名稱職的教育人士，不辭辛勞地爲感化不良學生而努力。但是善淑與她不同，她相信人絕對不會改變，也就是俗話說的江山易改本性難移。過去經營小酒館的她，曾經用過很多不同類型的員工，跟很多難纏的奧客交過手；還碰過二十多歲工讀生搶走店裡的現金，後來才跟著父母一起到警察局向她道歉；甚至有六十多歲常客酒後毀損店內財物，後來酒醒跪地求饒。她當時都心胸寬大地原諒這些人，誰知日後這些人卻厚顏無恥地回過頭來指責善淑。也因此善淑變成寧可相信一條狗，再也不願相信人的個性。她認爲自己養的野比和卡米才是眞正忠心、眼中只有她。

所以她相信，這隻原本流浪街頭的呆熊，即使在便利店裡熬了二十個晚上，吃下大量的義城蒜頭火腿、喝下一大堆艾草飲料，也不會眞的變成一個普通人。獨孤那雙總是睡眼惺忪又不時目露凶光的眼睛，有如閒晃一樣的緩慢動作，以及無論誰進門都沒法立刻以正常方式打招呼的態度，善淑怎麼想也不覺得這名社會適應不良者有可能輕易改變。

這時又發生了一件令她難以理解的事。

不過才一個星期，這頭熊不僅變成了人，而且還變成一個不錯的人。他只花三天就完全熟悉便利店的工作，接下來的三天手腳還變得更加俐落，無論是看到客人還是善淑，只要對上眼就立刻點頭問好！過去別說是問好了，就連與人對看都有困難的他，究竟是如何能快速適應社會？這點實在令善淑怎麼想也想不透。

雖然對善淑來說，獨孤是繼老公和兒子之後第三個無法理解的男人，不過有別於前兩人是從來不曾改變，進而讓善淑失望且難以理解，獨孤則是讓善淑看見幾近改頭換面的巨大變化。善淑無法理解爲何會有這種事。眞的只靠老闆一點小小的幫助，就能讓人有這麼大的改變？那街友獨孤的過去究竟是什麼樣子，爲何能在短時間內立刻適應社會？雖然很好奇，但老闆跟詩賢都無法打聽出他的過去。酗酒失智使他喪失許多記憶，只能以「獨孤」這個不知究竟是姓還是名的方式稱呼他。

「你仔細回想看看，感覺你現在好像比較清醒了。」

「不、不知道。要是想太多……會頭痛。」

每當善淑詢問他的過去，獨孤總會用那雙大手搓搓自己的臉告訴她沒辦法，讓善淑更是好奇得受不了。而獨孤不想挖掘自己過去的態度，也令人感到可疑。既然現在都振作起來了，正常人應該會好奇自己過去在做些什麼、有沒有家人、原本是什麼樣子吧？善淑無法理解對過去絲毫不執著的獨孤，也認為在這方面獨孤仍跟熊沒有兩樣。熊雖是動物，但畢竟也不是狗，依然是善淑無法信任的存在。

因爲無法理解也無法信任，所以善淑對獨孤總有些冷淡。不過老闆卻把獨孤當弟弟看待，詩賢似乎也能毫不在乎地與他對話。善淑偶爾會在交班時嘗試向詩賢詢問獨孤的事，但詩賢總說獨孤是個極爲正常的普通人。詩賢甚至說，雖不知道獨孤在成爲街友前過著怎樣的生活，但肯定很有兩把刷子。

「怎麼可能？那頭呆熊哪會有什麼厲害的地方，光跟他說話就快把我氣死了。」

「他結巴的問題已經改善了不少。我忘了在哪裡看過，如果太少說話聲帶就會萎縮，說起話來也會結巴。而且我幫獨孤做工作教育訓練時，他一開始還有點茫然，但很快就聽懂了。我當初花了四天才把所有的事學起來，獨孤只花了兩天就全部學會了耶。就連香菸的種類也是，一天之內就全部背起來了……他的學習能力很好。」

「德國狼犬的學習能力也很好。」

「唉唷，不一樣啦。而且他的某些行爲也挺有魄力的。面對奧客的時候他會露出可怕的表情，我想他以前肯定有開過餐廳當老闆。」

「噗，他可能在哪個黑社會幫派底下的小組織帶過幾個小流氓吧。」

「其實我眞的想過他會不會以前混過黑道，但應該沒有吧，感覺他沒犯過罪。」

「也對，他以前不是待在監獄而是待在首爾車站，這才是最大的問題。」

「當街友有錯嗎？我們不可以這樣帶著偏見看別人啦。」

「詩賢，偏見不一定都不好，人生在世還是要小心爲妙。」

詩賢露出無奈的表情，而善淑則以年輕人什麼都不懂，老愛在那胡說八道的眼神結束這次的對話。總之，無論是老闆還是年輕工讀生都對人太好了，善淑決定就算只有她自己孤軍奮戰也沒關係，絕對要以強硬態度守護職場。

準備好兒子的早飯後，善淑準時八點抵達便利店，一進門她就發現獨孤站在櫃檯打瞌睡，注意到她出現便立刻醒過來打招呼。善淑愛理不理的隨便回應一下便走進倉庫，換上制服背心後走出來交接。不會察言觀色的獨孤仍站在櫃檯沒有離開，直等到善淑做出像在趕蒼蠅一樣的手勢，他才打著哈欠走出來。善淑站到收銀機前，一邊清點財物一邊問：

「有什麼要特別交接給我的嗎？」

「沒什麼……特別的。」

「確定嗎？」

獨孤搔了搔頭，想了一下說：

「這世界上……沒有什麼絕對的事。」

這是怎樣……我又沒有要跟他討論這個世界運作的道理。善淑邊想邊氣呼呼地清點收銀機裡的現金。

稍後，獨孤開始做出一些她無法理解的行爲。雖然獨孤的下班時間是早上八點，但他沒有立刻離開，而是穿梭在貨架間整理商品。不知道是不是有什麼強迫症，他花了三十分鐘整理貨架，非常努力地想把每件商品排列整齊。是沒有關係啦，但怎麼不趁沒有客人的清晨時段整理？這樣一到下班時間就可以直接離開店裡，不是更好？他總是要等到善淑到櫃檯站定位之後，才開始慢吞吞整理起貨架。這還不夠，整理完貨架後，他又拿起打掃工具走到店外。先用抹布擦拭戶外座位區，再清掃店門口附近的區域。接著坐在戶外座位區呆呆看著來來去去的上班族，一邊享用過期報廢的牛奶和麵包。

善淑認爲這樣的舉動，是獨孤仍然無法改掉街友時期的習慣，不想回蟻居房的一種表現。就在善淑決定不理他，專心工作一陣子之後，再回神便發現獨孤已消失，而她無趣的一天也正式展開。

走進便利商店的客人，不太會想到櫃檯的店員正在看著自己。更令人意外的是，會偷東西的客人其實很多，無論他們是刻意還是無心。尤其當店裡只有善淑這種身材圓潤，看起來有些遲鈍的阿姨時，偷東西的人也會變得更大膽。善淑有長期從事服務業的經驗，總能注意到圖謀不軌的客人。例如她會留意剛剛進來的那名少年「刻意」偷了兩個三角飯糰。這陣子是放假期間，上午會有一些國、高中生來便利店，但那名少年看上去不太像是因爲放假而沒去學校。年紀大約十五歲左右吧？個子跟善淑差不多高，神色陰沉加上破舊穿著，讓善淑聯想到在元曉路和電子商場一帶閒晃的不良少年。

少年在貨架間來回走動，偷偷注意著善淑，並趁著善淑分心做其他事情時，迅速拿起兩個三角飯糰塞進夾克，接著又再次在貨架間穿梭，然後才走向櫃檯。就在這短短的時間內，善淑思考了五萬種處理這名少年的方法。善淑最先考慮到的是，到底有沒有必要爲了兩個三角飯糰，跟身上可能藏有刀械的不良少年起衝突？她不喜歡被輕視的固執性格，很快就壓倒了不要惹事的想法。

「阿姨，這裡沒有『炸夢』嗎？」

「『炸夢』是什麼？沒有那種東西。」

少年快速轉過身，對善淑的問話絲毫沒有興趣。善淑算準時機抓住他的手臂，少年像是被人打了一下那般驚訝，轉回來面對善淑，同時立刻將手抽回來。

「把你偷的東西交出來。」

善淑死盯著少年，少年不知如何是好地僵在原地。

「你可別小看我，快拿出來！」

「該死……可惡……」

少年小小聲地罵了幾句，一邊把還能自由活動的那隻手伸進夾克裡。善淑則是一方面擔心他可能會抽出一把刀來，一方面更加收緊了抓住少年的那隻手，以安撫自己緊張的情緒。

少年掏出三角飯糰放在櫃檯上，但只有一個。善淑一臉不相信他的樣子，用下巴示意少年別搞怪。

「都拿出來，否則我送你上警局。快！」

善淑用訓斥小狗的方式，以低沉且具威脅性的聲音說。

就在這時，少年將手放進夾克裡，並以迅雷不及掩耳的速度掏出三角飯糰往她臉上一砸。啪，飛過來的三角飯糰正中善淑的眉心，她瞬間眼前一黑，放開了抓住少年的那隻手。

少年怒罵了一聲「幹！」並丟下被飯糰砸中臉的善淑，意圖衝出便利商店。就在這時，有人用熊一般魁梧的身軀，從外面擋住玻璃門不讓少年推開。那個人就是獨孤。

「喂，炸夢。」

推開門進來的獨孤，試著對少年露出微笑，少年則慌亂地不停退後。獨孤冷靜地進到店內，像是拿起別人交付給自己的物品一樣，一手抱住少年往善淑的方向走去。束手無策的少年，只能任由自己被獨孤帶到櫃檯前，好不容易回過神的善淑也走到櫃檯邊。

「這小子……是不是忘記……結帳？」

「什麼忘記！帶他去警察局，快點！」

善淑刻意放大音量，像是故意要說給被獨孤抱住，低著頭動彈不得的少年聽。不過獨孤只是收緊了自己的手臂，讓少年無法繼續亂動，然後歪了歪頭看著善淑。惱火的善淑開始質問獨孤：

「怎麼？你認識他嗎？」

「他叫炸夢……每天都在找根本沒有賣的炸夢……每次都在我上班時來……今天好像來得比較晚。炸夢，你……今天的生理時鐘……是不是故障了？還是……睡懶覺？」

獨孤就像在跟朋友說話一樣詢問少年，而少年只是一言不發地噘著嘴想轉移話題。這是怎麼回事？所以這傢伙總是在獨孤上班時來偷三角飯糰？不對。收銀機金額都是正確的。難道是這頭熊一直在幫他付錢？稍早因獨孤及時逮住少年而對他另眼相看的想法，不知不覺消失得無影無蹤，如今善淑只覺得怒火中燒。

「之前他一直來店裡偷東西對吧？你給我老實說！」

「沒有啊。」

「不可能，你看他沒結帳就要跑！而且他還用飯糰丟我！」

瞬間，獨孤轉過身來放開少年讓他站好。放開少年後，他的視線轉向掉在善淑前面的兩個三角飯糰，接著彎下腰來仔細查看。

「是你……對嗎？」

「……那又怎樣？」

「這樣……不行。」

「我知道。」

善淑聽著獨孤與少年的冷靜對話，感到更惱火了。明明當事人是自己，爲何是他們兩個在解決問題？

獨孤轉向不耐地發出嘖嘖聲的善淑，將三角飯糰推到善淑面前。現在是怎樣？

「結帳。」

善淑嘖了一聲，但表情堅定、伸長手臂的獨孤，不知爲何讓善淑感到非常緊張。她遲疑地動起自己的雙手，拿起條碼掃描器掃了兩個飯糰的條碼，獨孤則從口袋裡掏出一張皺巴巴的五千韓元紙鈔遞出去。善淑拿起紙鈔的模樣，活像是上頭爬滿了蟲，她小心翼翼地放入收銀機，再將找的零錢遞給獨孤。

獨孤的手沒有收回，仍捧著三角飯糰舉在善淑面前。

「拿走。」

「帳……還沒結完……用這個丟他。」

獨孤用下巴比了比少年。他這難道是要我模仿那小子，拿飯糰丟人嗎？善淑實在無言以對。一方面是因爲獨孤的表情很認眞，另一方面也是因爲站在他身後那名少年畏縮的模樣，有如等待行刑的死刑犯，這畫面實在讓善淑啞口無言。

「快點。」

獨孤開始催促善淑了。善淑終於打起精神，認爲自己有必要從獨孤手上搶回主導權。

「東西拿走啦！難道我會像他一樣拿食物亂丟嗎？趕快拿走，看是要分著吃還是要丟掉，隨便你們！」

善淑連珠炮似的一口氣大聲把話說完，沒想到獨孤笑了。居然笑？獨孤雙手搭在少年肩膀上，讓少年面向對這一切感到荒唐的善淑。

「人家……原諒你了。趁現在……快道歉。」

少年的頭低到不能再低，善淑都能清楚看見他頭頂的兩個髮旋。

「對不起。」

抬起頭之後，少年用有如蚊子聲一般細小的音量道歉，善淑則不耐煩地揮了揮手要他離開。獨孤像陪同小孩的家長，摟著少年的肩膀走到店外。兩人坐在戶外座位區，和樂融融地分食起三角飯糰。

善淑看著兩人開心吃飯糰的模樣，心裡不禁納悶，剛才究竟發生什麼事？店裡來了個偷東西的少年，自己阻止那名少年，卻被少年用飯糰丟中眉心。少年本想逃跑，卻被突然出現的獨孤逮個正著，獨孤代付了飯糰的錢並要那小子道歉。

被害人應該是店裡東西被偷，然後又被飯糰丟中臉的自己才對，但是獨孤卻瞬間掌控事件的發展，讓善淑滿肚子怒氣無處可發洩。通常遇到這種情況，善淑肯定怒氣衝天，四處找人抱怨，然而神奇的是，她這次竟感到相當平靜，也沒有什麼特別想抱怨的地方。

她只是看著獨孤與「炸夢」像對貧窮的父子，在外頭吃三角飯糰當早餐的模樣。感覺眞是奇妙。安心、寬恕與陌生的悸動，爲善淑帶來了一些動力。畢竟她自己也在這場奇妙的騷動中扮演了一個角色，更奇怪的是，她覺得這一切很有趣，還認眞思考是否要拿個三角飯糰加入他們。

獨孤一直都在照顧炸夢這傢伙吧？所以那個不良少年才會二話不說地聽從他的指示……善淑雖然眉頭深鎖，卻也感覺到過去從來不曾受人照顧的自己，開始有了一些改變。

簡單來說，就是她覺得心情變好了。

神奇的是，後來她跟獨孤接觸時，原本那種難以理解的心情和鬱悶感都消失無蹤，取而代之的是奇妙的安心感。這或許並不只發生在善淑身上，因爲便利商店上午時段的氣氛，有如陽光的角度一般，以不爲人知的緩慢速度一點一滴改變著。

過去那些嫌棄便利商店太貴，總是只去雜貨店或社區超市消費的老太太，好像便利商店推出了什麼獨家美食一樣，開始紛紛來到店內閒逛了。老太太們會拍拍在店內打掃的獨孤，向他詢問各種事情。而獨孤會帶領這群老太太穿梭在貨架之間，向她們介紹買二送一或買一送一的商品。

「這個跟這個……一起買，就眞的會……很便、便宜。」

「對啊，這樣買起來就比超市便宜多了。」

「就說便利商店也不是樣樣都很貴，這位先生這樣跟我們介紹，眞的很好。」

「我們眼睛不好，看不清楚這些東西。誰會知道買一個就能送一個，而且又怎麼會相信有這等好事？」

獨孤提著一整籃老太太們購買的商品放在善淑面前，並對善淑露齒微笑。那模樣令人聯想到把球咬回來，希望主人快點給零食的黃金獵犬。善淑結完帳之後，他竟然又提著整籃的商品，跟這群老太太一起離開店裡。不久後他回到店裡，善淑詢問他這麼做的原因，他才說那些東西老太太們自己拿太重了，於是他就幫她們提回家！這豈不是現在最流行的外送嗎？善淑啞口無言，但也因爲獨孤這種敬老尊賢的外送服務，店裡多了一群老太太常客，使上午班的營收有了顯著提升。一到寒暑假，老太太們還會帶著孫子孫女上門購物，這些孩子又能讓每一位老太太願意把荷包裡的錢，花在飲料和零食區。

「上午的營收增加了耶，怎麼會這樣？」

聽見老闆這麼一問，善淑便開始說起上午有多麼認眞工作，架上的貨品都銷售一空。她隱瞞獨孤成功招攬社區奶奶與她們的孫子孫女來店消費的事，把這一切都說成是自己的功勞。當然，她也還是有良心的，所以現在她都會主動跟獨孤攀談，態度也和氣許多。

「最近你還會給那小子三角飯糰嗎？我上班的時候他根本不會來店裡。」

「他現在……不來了。他說他回家了。」

「你相信他？聽說最近有一群離家出走的孩子，全部一起住在一間半地下室裡……」

「我去看過了……他不在那。」

「哪裡？」

「半地下室……炸夢跟孩子們之前一起住的地方。」

「嗯？你去幹麼？」

「因爲擔心……房東說他們退租……大家都消失了。」

「獨孤，你爲他們著想是很好，但你才該快點找個正常的地方來住吧？」

「我……不需要房子。所以才……才叫做遊民啊。」

「但你現在不是遊民啊，你有份正經的工作。」

「我還……差得遠。」

「差什麼差得遠？」

「什麼……都差得很遠……很遠。」

「你這個人還真是謙虛。哎呀，之前我一直誤會你，真的很抱歉，你明白我的意思吧？」

「我……那個，我才是……之前讓妳誤會我……真抱歉。」

「總之，趕快退掉你的蟻居房，去找個套房來住吧，人需要有良好的睡眠。」

「謝謝……妳的建議。」

獨孤像隻聽話的大狗，點點頭後開始慢吞吞地準備下班。這世界上哪有除了規定的上班時間之外，還額外工作四小時才下班的兼職人員？於是便利店上午班不僅營收提升，善淑的工作也變得輕鬆許多，這讓善淑漸漸開始信任了獨孤。大約也是從這時起，原本在善淑眼裡像頭熊的獨孤，慢慢變得像隻大型犬。

眼看就要到年底了，老闆告訴善淑說詩賢被挖角到同一連鎖超商的其他門市，他們的工作時間必須調整。挖角？獨孤提供免費外送、詩賢被人挖角，這間便利店的兼職人員事情還真多啊。善淑想著就算只有她也好，一定要更用心顧好這間店，便爽快答應老闆要延長上班時間的提議。於是她便與獨孤和老闆共同分擔詩賢的時段，每天要多工作兩小時才能下班回家。

新年初始，工作量增加，善淑很想讓自己更有活力，但或許是又老了一歲的關係，她很容易感到疲憊。家裡的狀況仍然是一團糟，善淑只不過晚兩小時回去，兒子便自己煮泡麵來吃，但洗碗等後續清潔工作，則經常放著等善淑回家才處理。本以為他可能是想專心讀書才這樣，卻聽見他在房裡肆無忌憚地玩線上遊戲，讓善淑感到非常可悲。

簡言之，就算善淑把房子打掃乾淨，兒子也只是負責弄亂，不會幫任何的忙。善淑不期待兒子對自己盡孝或分擔家事，只希望他多少能幫幫自己。新的一年，母親善淑因爲工作時間加長而感到吃力，年過三十的兒子卻仍非常不懂事。國高中時期都是模範生的他，可能是因爲那段時間沒能盡情玩樂而覺得委屈，所以才會到了這個年紀，遲來地想體驗一下叛逆生活。三十歲的考生卻像流連網咖沉迷射擊遊戲的青少年一樣，眞是讓人又急又氣。

忍無可忍的她，雖然曾在下班後去敲兒子的房門，但因爲遊戲聲音太大，敲門根本沒有作用。她拉了拉門把，房門如她所想的上了鎖。瞬間，她覺得那門把就像是兒子只有在需要時，才會尋求媽媽協助的冰冷雙手。一陣怒火湧上心頭，她像要破壞那扇門一樣地大力拍門。

「兒子！開門！媽有話要跟你說！」

說話跟敲門的分貝聲高過遊戲的噪音，兒子才終於頂著一張臃腫的臉開門看她。

「我知道妳想說什麼，所以不要說。」

兒子用有如射擊遊戲開槍一般的速度吐出連串話語，他滿臉油光且髒汙不堪，腰間贅肉被褲腰帶給擠了出來。大冬天裡竟然穿短褲……肯定是整天都窩在家裡大開暖氣。身穿藏青色西裝，頂著一頭清爽髮型到大企業報到的俐落模樣已經消失得無影無蹤，如今的兒子不僅不出家門，甚至是個不肯離開房間的邊緣人。

兒子不理會善淑臉上的失望，轉身想回到房裡，善淑下意識用指甲快要嵌入肉裡的力道，緊緊抓住兒子的手臂。穿著短袖的兒子不知是不是因為發疼，瞬間瞪大眼睛看著善淑，善淑也一不做二不休地抓得更緊。

「放開啦，我要讀書。」

「騙人！你到底在做什麼？」

「妳不是要我去考外交資格考？我讀書讀到一半，休息一下玩個遊戲而已，妳到底是怎樣？我又不是小孩！我可是考進知名大學、到大企業上過班的人耶，讀書這種事我自己會看著辦，妳別來吵我！」

「臭小子！那又怎樣？你現在還不是這副德性？整天窩在房間裡玩遊戲、吃泡麵，這樣就會考上嗎？看你是要每天出門散個步，還是乾脆搬到考試院*去住好了！」

「天啊！煩死了……我眞是受夠妳一天到晚嘮叨個不停！」

兒子大吼一聲，大力甩開善淑的手後轉頭回房。砰！房門關上後能聽見咔嚓上鎖的聲音，善淑感覺心中某處的開關也被按下去了。她不斷大力敲門，像是要回應兒子那頻頻翻白眼，像是看見瘋子一樣的眼神。善淑瘋狂敲眼前的那扇門，門裡的兒子卻將遊戲聲音調得更大，用以回應善淑的舉動。更猛烈的槍聲，讓善淑感覺自己整個人被打成蜂窩。

當敲門的那隻手開始發疼，她轉而開始用額頭撞門。砰、砰砰、砰砰。當額頭

* 韓國舊制司法考試時期，會提供給考生居住的一種住宿空間。狹小房間內僅設書桌與床鋪，讓考生專注讀書。司法考試改行新制後，考試院已成大學生、社會新鮮人或底層人士的住宿選擇。

產生火燙的刺痛感，善淑終於不得不放棄。她轉過身來，心痛哭泣，她甚至沒有老公能幫忙分擔這份苦楚。由於過去不斷炫耀兒子的成就，如今也難以跟朋友抱怨兒子這副令人失望的模樣。兒子確定進入大企業就職時，她幾乎遠遠就能聽見嫉妒她的同學們在背後說閒話。

哭累睡著的善淑醒來時，已是早上七點了。可惡的是她睡醒後，依然能聽見兒子房裡傳來的遊戲聲。她沒像平常一樣準備早餐，只是穿上大衣便逃命似的離開家中。真的很想就這麼拋家棄子遠走高飛，不過她能去的地方也只有任職的便利店而已。

推開門走進店內，善淑發現獨孤並不在櫃檯。環顧四周，發現獨孤正全神貫注地把貨架上的杯麵一個個對齊。雖然根本沒必要調整到這麼整齊，但他就像個強迫症患者，總是努力把貨架上的每件商品對得整整齊齊。善淑第一次覺得，她的兒子竟不如這個剛擺脫街友身分的中年人，想到這裡讓她覺得自己更加可悲。

「妳來啦？」

專注擺放商品的獨孤開口向她搭話，善淑卻突然哭了出來，完全無法好好回應。她急忙跑進倉庫去換制服背心，卻仍止不住眼淚。我兒子竟然不如那個跟街友沒兩樣的男人……不對，獨孤現在就是個一般的社會人士不是嗎？他說話結巴的問題，現在也好轉很多。相較之下，成天窩在房間裡打遊戲上癮的兒子，才是脫離社會、前途一片黯淡的輸家，簡直就跟他爸爸一個德性。哪天要是善淑死了，兒子說不定根本無法養活自己，搞不好會混日子混到最後成爲街友。這些想法不斷湧現，讓她只能無力癱坐在原地痛哭。

回過神來一看，善淑發現獨孤正站在倉庫門口看著坐在地上的自己。

獨孤默默走了過來向善淑伸出手，善淑也握住他的手起身。接著獨孤將手裡的衛生紙遞到善淑面前，善淑拿起衛生紙擦去眼淚和鼻涕，還順道擦了擦口水。善淑仍感覺內心深處還有許多尚未排解的情緒，卻只能不斷深呼吸以期盡快恢復平靜。

在獨孤的帶領之下，離開倉庫的善淑發現在早晨陽光照耀下，店內看起來窗明几淨。獨孤走到飲料區，拿了一瓶玉米鬚茶回來。

「難過的時候玉米……玉米鬚茶最好。」

正當善淑對這番沒頭沒腦的言論感到驚訝之時，獨孤打開瓶蓋將茶遞給她。善淑盯著放在自己眼前的好意看了一會兒，然後才接下那瓶茶喝了起來。無論是什麼都好，她得想辦法壓抑不斷從內心深處湧出的那些情緒。她把玉米鬚茶當成是盛夏裡的清涼啤酒，咕嚕咕嚕一口氣喝下肚。

解了喉嚨的渴之後，善淑便有如控制不住自己似的絮絮說話，獨孤則像期待已久般靜靜聽她講。兩人站在櫃檯邊，善淑像水庫洩洪一般哭訴兒子有多令她失望，站在她面前的獨孤則不斷點頭，安靜地聆聽她憤慨的抱怨。

「我眞的不能理解。到底爲什麼要放棄穩定的工作，沉迷奇怪的事物浪費人生？股市、拍電影不都是一種賭博嗎？我兒子的人生到底從哪裡開始出了錯？到底怎麼了？」

「那個……他還年輕嘛。」

「他已經三十歲了！三十！他就是個三十歲的無業遊民，過著跟一般人不一樣的生活。」

「妳有跟兒子……談過嗎？」

「他根本不聽我說話。他嫌我煩，總是躲著我。我拉著他想跟他談談，但他都無視我、躲我。對他來說，我就跟餵飯的或寄宿家庭的房東沒兩樣吧！」

「請妳先……聽聽兒子想說的話吧。現在看起來，妳好像覺得是兒子不聽妳的話……但妳似乎也……也沒聽兒子說話啊。」

「你說什麼?!」
「請妳聽清楚我現在說的話……聽聽兒子想說什麼吧。爲什麼……會辭掉工作……爲什麼要玩股票……爲什麼想搞電影……聽聽他怎麼說。」
「聽了又怎樣?不都是他自己想做,但最後又失敗了嗎?他現在根本就不跟我說話了!」
「但你們還是會……有機會說話吧?」
「呼……那都已經是三年前的事了。他說自己辭職了,我氣得跳腳。他好不容易才進到那麼好的大企業工作,到底幹麼要辭職?」
「所以妳知道他爲了什麼……辭職嗎?」
「不知道。」
「再問問他吧。問他……爲什麼辭職,是什麼……讓他不舒服。兒子不是妳的唯一嗎?兒子的事情……妳也要知道啊。」
「我有問他,但我怕他眞的辭職,所以就逼了他一下。問他爲什麼想辭職,他也都是含糊帶過,所以我就要他想辦法撐下去,沒想到後來他還是辭職了。就像他爸爸突然離家出走一樣,他也就這麼莫名其妙地突然辭職了。」

善淑一股腦地傾吐自己的故事，感覺到眼角開始泛淚，才驚覺不能讓一個大男人看見她這副德性，於是努力忍住不讓眼淚掉下來。獨孤的臉微微抽動，很快陷入沉思，接著突然對善淑露出一個不明顯的微笑。

「妳在害怕吧？怕兒子……變得像他爸爸。」

善淑突然停止哭泣，不自覺地點起頭來。

「沒錯，我本以爲兒子會不一樣……看來是我的教育方法錯了……我已經盡力做到最好，但兒子卻不懂我……總是關在房間裡玩遊戲……唉。」

獨孤又遞給善淑一團衛生紙。就在她用衛生紙擦淚時，正好有客人上門。獨孤往倉庫走去，善淑則整理了一下自己，然後走向櫃檯準備服務客人。

客人離開後，獨孤又再次來到善淑面前。稍稍打起精神來的她，對獨孤露出一個尷尬的笑容。

「我是不是太多話了？我眞的太難過了……又不知道能找誰抱怨……但跟你說一說之後感覺好多了，謝謝你。」

「就是這個。」

「哪個？」

「說一說之後感覺好多了。」

善淑睜大了眼，仔細思考眼前這名男子說的話。

「妳也聽聽兒子說的話吧，這樣的話……事情就會好轉，多少會有幫助的。」

直到這個時候，善淑才意識到自己從來不曾好好聽兒子說話。她總是希望兒子依照自己的期待而活，曾經是模範生的兒子究竟有什麼煩惱、有什麼困難，爲何會脫離媽媽爲他開闢的這條路，善淑從來沒有好好聽他說過。她總是忙著計較兒子的脫軌行徑，甚至沒有餘力去聽兒子的理由。

「這個……」

獨孤把一個東西放在櫃檯上，是三角飯糰買二送一的組合。看著滿臉驚訝的善淑，獨孤露出牙齒微笑。

「拿去給兒子吧。」

「給我兒子？……爲什麼？」

「炸夢說……玩遊戲……吃三角飯糰……最合適。兒子玩遊戲時……給他吃吧。」

善淑默默看著獨孤放在桌上的三角飯糰。兒子從以前就很喜歡吃三角飯糰，善淑開始在便利店工作後，他甚至會拜託善淑把報廢的三角飯糰帶回家。但不知從何時開始，善淑不再帶三角飯糰回家了，因爲他不想看見兒子窩在房裡邊玩遊戲邊吃三角飯糰的樣子。

靜靜看著三角飯糰的善淑，聽見獨孤喃喃自語說：

「不過不能只讓他……吃飯糰。還要……給他一封信。」

善淑抬起頭來看著獨孤，獨孤也看著善淑。對善淑來說，眼前的獨孤就像一隻黃金獵犬。

「告訴兒子……說妳一直沒能好好聽他說話，但現在妳願意聽他說話了……請他跟妳說……寫一封信，然後……跟三角飯糰……一起給。」

善淑咬著嘴唇，低頭看著獨孤遞來的三角飯糰。獨孤從褲子口袋裡掏出三張皺巴巴的一千韓元紙鈔。

「我請客，快……快刷吧。」

善淑像是聽從上司的指令一樣，依照獨孤的指示刷了三角飯糰的條碼。嗶一聲，接著聽見「結帳成功」的電腦語音，善淑同時也感覺腦海中複雜的焦慮終於得到緩解。相信狗更勝於人的善淑點了點頭，對像隻善良大狗的獨孤所說的話表示同意。

獨孤帶著露齒微笑的表情轉身走出店內。叮鈴，門口鈴鐺聲響起的瞬間，善淑像是反射動作一般，開始思考要跟三角飯糰一起送出的信裡該寫些什麼。

買一送一

敬萬都在心裡稱那間便利商店是「麻雀磨坊」。

對，今天那裡也是磨坊，而麻雀就是敬萬自己。他小時候曾有首暢銷曲叫〈麻雀的一天〉，演唱人是宋昌植，他以如水波蕩漾般的歌聲吟唱這首歌。歌曲裡頭將小市民比喻爲麻雀，大大撫慰了人們生活的苦悶。「天亮了，今天也必須一如往常，到遠方撿拾寥寥無幾的穀物。天亮了。」生在國家剛剛光復的時期，當時就讀「國民小學」的敬萬，也會感同身受地哼唱這首歌。學生時期的敬萬是個很厭惡上學的劣等生，對他來說人生就是日復一日的苦悶。

現在大家都說獨飲是種浪漫、是種流行，總之在這個獨自飲酒蔚爲話題的年代，獨飲對敬萬來說，就只是下班歸家途中，坐在便利店戶外座位區，邊吹冷風邊喝完一瓶燒酒而已。浪漫個鬼，獨飲的他只要不惹人嫌就已經是萬幸了。

也記不太清楚究竟從何時開始，便利商店的戶外座位區成了他經常光顧的喝酒據點。他總在天氣轉涼的時候，先到便利商店裡吃碗泡麵再回家。照例，宵夜是一碗泡麵加三角飯糰，外加炒魷魚，最後再配上一瓶紅瓶蓋燒酒，湊成一桌豐盛佳餚。到頭來敬萬成了無法路過磨坊而不入的麻雀，每天都會在午夜十二點左右，用價值五千韓元的燒酒配點下酒菜溫暖自己的胃。熱騰騰的湯十分爽口，冰涼燒酒則能讓人全身溫暖起來，便利商店裡的眾多泡麵和三角飯糰，每天都能創造出新組合，讓敬萬一點也不覺得無聊。

對過去幾個月已嘗試多種選擇的敬萬來說，今晚的「嗆嗆嗆」*組合是最佳搭配。芝麻泡麵、鮪魚飯捲加眞露燒酒是敬萬心中的第一名，是絕對不會後悔的宵夜組合。對只能獨飲的窮人來說，「嗆嗆嗆」更是最超值的選擇。

今天櫃檯出現一個陌生的男人，大塊頭加上壓迫感十足的眼神，跟之前那個麵包超人先生截然不同。敬萬有些難爲情地將眞露燒酒、芝麻泡麵和鮪魚飯捲放在櫃檯上，男子則以非常緩慢的動作刷條碼結帳。

「總共是……五千……兩百韓元。」

結結巴巴又生硬的語氣，眞是讓人很不舒服。敬萬迅速結完帳，拿了一雙放在櫃檯邊的竹筷便朝戶外座位區走去。他將食物放在桌上，從背包裡拿出隨身攜帶的燒酒杯尺寸的紙杯，接著只要等泡麵泡好就行了。他一邊打開芝麻泡麵的蓋子，一邊往店內瞧了一眼。哎呀，跟櫃檯那像頭熊的傢伙對上了眼，敬萬立刻移開視線，端起泡麵，開始喝湯。

再度踏入店內裝水時，敬萬想起做到上週的麵包超人先生。那位先生看起來像榮譽退休後到便利店上大夜班兼職賺點外快，有著一張圓圓的臉和乾淨清爽的禿頭，也因此他私下稱對方爲麵包超人。

麵包超人先生對他非常親切，每次買杯麵時都會主動拿竹筷給他，還會祝他用餐愉快。敬萬想起他偶爾會帶著溫暖眼神，遞上一個稍稍超過有效期限，但還可以

＊芝麻泡麵、鮪魚飯捲、真露燒酒這三樣商品，韓文頭一個字都是참（發音cham），此處採音譯組合成「嗆嗆嗆」，呈現其生猛有力的音節。

吃的火腿三明治。那是在生活戰場上辛苦掙扎的戰友，默默同病相憐、互相支持的時刻。

現在這位代替麵包超人先生，守著冷清大夜班時段的男人到底是誰？在等待泡麵泡好的時候，敬萬開始推理。木訥的態度、不熟悉服務業的模樣，再加上那不知是傲慢還是睏倦的眼神，以像是在警戒什麼的態度看著喝酒的敬萬……他絕對是老闆。就跟讓敬萬每天宛如身處地獄的公司老闆一樣，他絕對是這間便利店的老闆，應該沒錯吧？這傢伙因爲便利店生意不好，所以才辭退麵包超人先生，但又沒有其他替代人力，只好先嘗試僱用一個老太太幾天，可是實在沒什麼幫助，於是就自己上場。說不定還是在麵包超人先生工作快滿一年時要他走路，因爲工作滿一年就要給退休金。就像敬萬公司的約聘員工無論表現再怎麼好，都會在工作到第十一個月左右被辭退。

當他開始認定這名像熊一樣的男子是店老闆之後，便覺得酒喝起來也甜了許多。他呼呼地吹涼微辣的芝麻泡麵，便大口大口吞下肚，接著繼續喝燒酒。韓民族自檀君開國以來全國景氣就從沒好過，公司一如既往地讓人疲憊。老闆通知全體員工說公司經營困難，發不出中秋獎金，卻隨即爲自己換了輛新車，而且還是在路上遇到會避之唯恐不及的進口車。敬萬如今成爲公司後輩茶餘飯後嚼舌根的對象，公司給他的待遇，糟到他隨時提離職都不令人訝異。他的薪水連續四年凍漲，連坐上談判桌進行薪資協商的機會也沒有。即便如此仍無法主動辭職的他，便把公司老闆視爲地獄的最終魔王。

就算下班回家也不代表他能從地獄登出。

家裡有對明年要上國中的雙胞胎女兒，要花的錢絕對不容小覷，太太也爲了家庭生計經營副業，實在沒心力去管敬萬。家庭能給的溫暖、安定與支持的力量早已消失，下班後回家吃宵夜時，也已經很久沒有燒酒的陪伴，因爲太太說喝酒會給孩子不好的榜樣，所以禁止家裡出現任何酒類。收看職業棒球精采片段是敬萬唯一的樂趣，卻也因爲電視的掌控權被搶走而無法實現。過勞的他無法在家人面前當個好爸爸，又因爲錢賺得不夠多而無法獲得一家之主應有的待遇，無限循環之下不僅太太精疲力盡，敬萬也無法對家人好一些。於是在妻子眼裡，他成了沒有存在感的老公；在子女眼裡，他是無趣的爸爸，形象難以扭轉，只能就這麼老去。不對，如果他被公司裁掉又無法找到新工作的話，那就連現在的地位都可能保不住。或許，他的人生現在只剩下兩條路：一是視危機爲轉機，奮力一搏扭轉現況，二是乾脆放棄掙扎，認命走向悲慘結局。

究竟是從哪裡開始出了錯？

他如今四十四歲，始終都是腳踏實地過日子。畢業於一般大學，從製藥公司業務開始，一路做過保險、汽車、印刷造紙、醫療機械的業務工作，累積許多經歷。他知道自己沒有好家世，才能也不出眾，所以把踏實與親切當作武器奮鬥至今。認識了在客戶公司上班，比自己小四歲的太太後，兩人很快在婚後生下一對雙胞胎，當時他一度覺得即便沒有顯赫家世，人生也能很幸福。他曾自豪地認為，比起那些含著金湯匙出生的傢伙，自己的人生更有價值。

只是時間讓他看見自己跟那些人的差異。那些傢伙的起跑線硬生生比自己前面許多，生活也過得越來越寬裕，甚至還能從容地精進能力並累積財富。敬萬卻覺得自己像是壕溝裡彈盡援絕的士兵，到頭來終須衝出去與敵人肉搏死戰。不管再怎麼努力賺錢，花費只是不減反增，體力則越來越差，難以負荷工作強度。曾經，靠著好體力表現出來的踏實與親切是他唯一的優點，如今卻只剩無能與卑屈。體力也影響精神，他精神不濟的頻率越來越高，很快的老闆與同事都開始不把他放在眼裡。

苦澀的念頭令他一杯接著一杯，眼看酒只剩半瓶，芝麻泡麵的乾燥雞蛋包都還沒泡開，燒酒竟然就要見底，眞是尷尬。不過如果再喝一瓶，明天上班可能又會精神不濟。年輕時喝個三、四瓶，睡醒起來照樣正常上班，現在一天喝超過一瓶，隔天就可能在地鐵上吐個亂七八糟。

是叫做恢復彈性嗎？總之就是那東西消失了。年輕時犯錯仍有挽回的力氣，宿醉也只要洗個熱水澡就清醒。但現在那種恢復彈性就像電玩遊戲裡會耗盡的生命值一樣，總是迅速在敬萬的生活中揮發殆盡。敬萬將剩下的一小塊鮪魚飯捲大口吞下，呼嚕嚕兩三口吃完芝麻泡麵，接著清空剩下的半瓶燒酒，就這樣登出一天唯一的自由時間，起身整理座位區。

隔天晚上，那名像熊一樣的男子依然冷漠地爲敬萬結帳。這次他立刻遞上竹筷，似乎是只用一天的時間就熟悉了便利商店的工作，學習能力非常好。應該就是這個緣故，所以年紀跟麵包超人先生相仿的他，才會當上便利店的老闆吧。別人被迫榮譽退休時，他已經有了一定的資產。經營幾間便利店，偶有工讀職缺便親自上場頂替，用以打發時間，這人就是過著這般悠閒的人生吧。

敬萬既羨慕又充滿無力感，只能藉著眼前這頓宵夜享受短暫的樂趣，偏偏那男子仍在櫃檯前盯著他看。那人究竟是怎麼看待敬萬的？肯定覺得敬萬是個來自經濟不寬裕的庶民家庭，過著魯蛇人生的糟老頭吧。敬萬每天不過買五千韓元的東西，吃完還會自己清理桌子，儼然是名模範好顧客。就算敬萬覺得老闆的注目帶給他很大壓力，他也仍舊告訴自己，唯有這個位置絕不退讓。

就這樣過了一個多月，二〇一九年也即將邁入尾聲。該死，今年別說是升職，沒被減薪就已經是萬幸。想到明年要上國中的兩個女兒，敬萬立刻覺得喘不過氣。太太曾小心翼翼提起，等孩子們上國中，就得送她們去上補習班。敬萬雖同意太太的話，心情卻又十分沉重。也因爲實在悶到快要發瘋，他非得在寒冷的夜晚坐在戶外喝燒酒，才稍微感到舒暢一些。

又累又醉的敬萬因寒冷而縮成一團，可能還短暫打了個瞌睡，他完全不知男子是何時來到自己面前，等敬萬回過神來，竟發現老闆穿著一件白色夾克，就像一頭大白熊，口吐著白煙坐在他面前。

「先生，在這種地方……睡覺……會凍死。」

這句話讓敬萬感覺自己被當成了街友。他雖然心裡生氣，卻因爲對方身材魁梧又是老闆，所以也只好默不作聲地把剩下的燒酒倒進杯子裡。

「酒……喝了……也不會不冷。」

老闆說話斷斷續續的，不知是因爲沒把敬萬放在眼裡，還是要表現他是個悠哉的中產階級，總之這種語氣讓敬萬很不滿，感覺被冒犯的他一口氣清空酒杯。

「我覺得很溫暖。喝完這些我就會走，請不要再來煩我了。」

敬萬覺得需要做出小小的反抗，便硬是擠出一句話回擊。他拿起燒酒瓶想繼續倒酒，沒想到酒竟然喝完了！他瞬間覺得懊惱，同時又覺得丟臉。居然沒有酒可喝……氣死人了！最重要的是這男人杵在自己面前的模樣，看了眞的很討人厭。這時，男子丟下一句「稍等一下」，便起身走進便利商店。他想幹麼？

稍後，男子拿著兩個大美式咖啡紙杯出來，並將其中一個紙杯放在嚇得瞪大雙眼的敬萬面前。他仔細一看，發現杯中裝著淡黃色的液體，還有兩顆冰塊載浮載沉。神奇的是，這杯中的液體讓人聯想到裝在玻璃杯裡的威士忌。不對，這根本就是威士忌吧？怎麼回事？該不會下了毒吧？敬萬用滿是警戒的眼神看著男子，男子只是用下巴比了比杯子示意要敬萬快喝，隨即拿起紙杯湊近自己嘴邊喝了一口。他的姿勢看起來就像常喝洋酒一樣從容，這讓敬萬想起自己當藥廠業務時期，常會到酒吧開包廂接待在大學醫院任職，兼具教授身分的醫師。他們總會用洋酒調製炸彈酒*，再把這樣的混酒當成麥茶一樣大口喝下肚。

男子看敬萬動也不動卻沒多說什麼，只是逕自將杯中的液體一飲而盡，留下兩顆冰塊。哈啊。看著男子舔嘴滿足的表情，敬萬也不甘示弱地拿起杯子一口喝乾。冰涼的液體濕潤了敬萬的食道與胸口，卻沒有洋酒應有的熱辣感，只有冰冷的寒氣。這是怎麼回事？

「很順暢吧？」

「這是什麼？」

「玉米……鬚茶。難過的時候……喝這個最好。」

居然是加了冰塊的玉米鬚茶……敬萬驚訝地說不出話來，不知該如何反應。

「玉米鬚茶……的顏色……會有種喝酒的感覺……也能消脹氣，非常好。」

什麼？敬萬心想，這傢伙要不是個怪人，就是存心想捉弄他。不過也不能因為人家給的飲料不是酒就生氣，於是敬萬生硬地點點頭，並起身整理座位。

「我也……每天喝。」

他仍坐在位置上，對站起身來的敬萬低聲說道。身材魁梧的男子存在感十足，令敬萬難以忽視，於是敬萬只得停下手邊的動作，重新坐回原位。

「因爲每天喝……就壞掉了。身體跟腦袋都是，所以……」

男子沒把話說完，只是一直盯著敬萬看，那眼神十分冷酷。敬萬被看得心慌，明明喝酒的人是自己，爲何卻像是對方在發酒瘋？於是他趕緊開口想幫自己脫身。

「所以怎樣？是要我別再來了嗎？」

男子揚起嘴角，並將雙手放入懷中。幹什麼？難道是要亮刀子？沒想到男子竟掏出一瓶玉米鬚茶，放在緊張兮兮的敬萬面前。

「喝……玉米鬚茶吧。再多喝……一杯。」

男子像面對好酒友一樣，替敬萬倒飲料，兩個原本只剩冰塊的杯子很快又被裝滿。敬萬還在想對方會不會要乾杯，沒想到男子竟然眞的舉起紙杯，做出乾杯的動作。敬萬一邊思考眼前的狀況，一邊卻又因爲過去常常應酬養成的習慣動作而下意識地舉起紙杯，甚至還刻意讓自己的杯子稍稍低於對方的杯子，輕碰後再一口喝下。

＊炸彈酒並無固定配方，一般是採小杯烈酒放入大杯啤酒的混合法。混合後的酒飲濃度高，吸收快，會加速酒醉症狀，但又因為口感好，容易大量飲用。

哈啊，好冷。

「我以前……也經常喝……這種顏色的酒。」

男子放下杯子之後說。那是當然的啊，像你這種老闆階級，肯定以前喝了很多洋酒、賺很多錢，現在轉而注重健康，同時也從容地經營人生的第二春。

「不過……現在只喝這個了。沒有酒……也活得下去。」

「你這話是要勸我戒酒？」

男子面無表情地點點頭，敬萬感到惱火。

「你怎麼不乾脆叫我別再來了？叫我戒什麼酒，你憑什麼跟我說這些？」

「因為想幫你……我每天都會幫你……做加冰塊的玉米鬚茶。泡麵加飯糰……再配這個吧。這樣就……不會想喝酒了……」

「我一個人在這喝酒是影響你營業嗎？還是我留下垃圾，影響整潔？我每天走之前，可是都收得乾乾淨淨。你想幫什麼忙？乾脆就直接叫我別再來了啊！」

敬萬起身，頭也不回地離開，桌子就交給那個只會說空話的混帳老闆收吧！現在那間店就像斷絕交易的廠商，不需要留下好印象，不需要在意對方觀感了。不知是酒醒後開始發冷，還是冬夜的空氣冷到讓敬萬酒都醒了，腦子亂紛紛的敬萬一想到不能再享用專屬自己的麻雀磨坊，只能強忍內心的惋惜，用力踏著步伐走開。

那年年底，接連不斷的聚餐讓敬萬每隔兩天就醉醺醺地回家。他當然不懷念獨自在便利店喝酒的時光，即便那間店就在從地鐵回家的最短路徑上，但他路過時仍以滿是醉意的濕潤雙眼望著店內。不知是不是因爲自己不再光顧，以致那間便利店更顯淒涼，想到這裡敬萬用活該生意變差的眼神望著戶外座位區，然後默默走回家。

二〇二〇年新年初始，人們把過去一年當成骯髒的舊衣丟在洗衣機旁，換上新衣展開新生活，太太和孩子也充滿活力地迎接新年。雙胞胎女兒已經差不多是敬萬肩膀高度，他很快就要成爲家中最矮的人了。（太太結婚前身高一六八公分，如今也沒太大改變，但敬萬可能是因爲腰彎得太多，最近一次體檢竟量出身高只有一六六公分。）

問題就在於，敬萬不是只有身高變矮而已。每一年敬萬都覺得自尊隨著年紀而逐漸下滑，這顯然都是因爲在公司受屈辱，在家中被忽視所致。雖然覺得果斷辭職，或許能讓被公司與客戶傷害的自尊恢復原狀，但是在家中缺乏存在感這件事，卻令敬萬不知如何處理。如果同時辭職跟離家出走呢？肯定會淪落爲街友吧。敬萬下定決心，今年的目標就是一定要離開虧待他的公司，找到一份新工作。雖然太太會擔心，但就算少賺一點錢，敬萬也想做一份多少能把自己當人看的工作。只是一旦收入減少，在家裡的地位就更惡劣了。也因此對敬萬來說，新年就跟去年一樣充滿絕望。沒錯吧？無論二〇一九年十二月還是二〇二〇年一月都一樣冷颼颼。人們對新年即將來到的期待並未感染敬萬，那些興奮悸動的情緒只是讓他感到更洩氣，一路上那些歡慶新年的商業活動看了簡直刺眼。

好想喝酒，但碩果僅存的三名酒友中，有兩人就因爲新年要有新希望而宣布不再碰酒，另一人則回老家務農去了。如今連公司的新年聚餐也開始配合時代改變，主張既然尾牙已經放肆大喝，新年聚餐就改爲同事們簡單吃個午餐就好。敬萬覺得整個世界都在孤立自己，在家被隱孤（隱約孤立），在公司被明孤（明擺著孤立），世界聯合起來孤立他……這使敬萬的血液不停呼喚著酒精。

被孤立乾脆就獨飲，但敬萬的零用錢不允許他去酒館放肆暢飲，心情上更是承受不了這樣揮霍。於是只能選擇在下班時，尋找能獨飲的便利商店。不過綜觀整個社區，到了冬天仍沒有把戶外座位區撤掉的便利商店，只剩下那唯一的一間，就是有頭奇怪白熊，要他以玉米鬚茶代酒的那間。看來是隻個性古怪的白熊，這個當老闆的竟然不找大夜班人員，而是自己跑來顧店。該死的傢伙，當老闆不就是應該創造就業？都怪他要自己下來做，才會沒法發揮涓滴效應，這社會也才會總是貧者越貧，富者越富。一邊碎唸一邊走過便利店的敬萬，突然間停下了腳步。

不知爲何，便利店戶外座位區桌上，竟然放著一碗芝麻泡麵。

「嗆嗆嗆」。

眞懷念「嗆嗆嗆」。唯有那個組合，能在新年時節給既鬱悶又一成不變的自己帶來安慰。「嗆嗆嗆」這個組合，似乎能讓敬萬迎接一個屬於自己的新年。實在忍不住了，即使明知大剌剌放出芝麻泡麵，很可能是白熊用來釣魚的餌，敬萬也管不了這麼多。哪怕在「嗆嗆嗆」獨飲時間裡碰上奇怪白熊，敬萬也覺得自己有勇氣把對方的頭髮編成玉米鬚。

「喔……好久不見。」

白熊老闆的動作跟語氣依然很慢。敬萬只用眼神向邊結帳邊與他搭話的白熊老闆示意，結完帳後，他急忙離開店內來到戶外座位區。敬萬絲毫不在意天氣的寒冷，迅速把熱水倒入泡麵碗後，立刻拆開三角飯糰，打開燒酒。該死，今天居然沒有杯子可用，他前一陣子把固定放背包裡隨身攜帶的燒酒杯型紙杯清掉了。要買新杯子實在很麻煩，但去借的話，好像又會被白熊老闆抓住講話。好吧，乾脆對著嘴喝。燒酒這東西拿瓶子直接對嘴喝，不就行了嗎？

這時白熊男走出店門，而努力假裝泰然自若的敬萬，在轉過頭的瞬間，看見白熊男手上竟拿著一台電風扇。再仔細一看，才發現那不是電風扇，而是一台暖風扇。白熊男把暖風扇插頭插在不知從哪拉出來的延長線上，再將暖風扇打開放在敬萬旁邊。

白熊男向驚慌失措的敬萬伸出手，比出要「敬請享用」的手勢，同時還瞄了桌上的東西一眼，然後就回到店內。這一連串舉動雖然讓敬萬感到吃驚，但暖風機送出的熱風溫暖了他凍僵的臉頰。敬萬其實搞不清楚自己的臉如此僵硬，究竟是因爲冬夜寒風吹的，還是出於好久沒來這家店的尷尬，總之在暖風吹拂下，他僵硬的表情變得柔和了起來。

「杯子……只有這個。」

白熊又走了出來，拿了個之前裝玉米鬚茶的大紙杯給敬萬。敬萬靜靜接過杯子並陷入沉思，他覺得自己似乎該說點什麼。

「謝謝。」

「不、不客氣。」

「杯子……還有暖風機。」

「你之前一直沒來……差點用不上了，那個。」

「什麼？你說暖風機嗎？」

「你不是很喜歡這個座位嗎……感覺是因為太冷……所以都沒來，我才買了這台……總之很高興你來了。」

白熊男木訥地說完這番比暖風機還溫暖的話語，就走掉了。敬萬則埋頭喝著燒酒，甚至連泡麵泡爛了都渾然不覺。

好溫暖。

無論是燒酒、裝燒酒的杯子，還是男子為了敬萬而特別準備的暖風扇。敬萬在公司與家庭都被孤立，但是竟然在這裡沒有受到孤立。這間讓敬萬感到不便的便利商店，瞬間又重新成為專屬於他的空間，敬萬覺得自己簡直是以貴賓身分重新回歸。

敬萬瞬間掃空「嗆嗆嗆」組合。他很想再多感受一下溫暖，但也知道自己該離開了。老闆就像要敬萬付出代價一樣，算準時機再次來到他面前。一手拿著裡頭應該放了冰塊的紙杯，另一手拿著一瓶玉米鬚茶。喔，天啊。

敬萬心想，反正對方看起來像比自己年長十歲的長輩，不如就乾脆當是面對客戶，喝個一杯再走吧。於是敬萬雙手接過杯子，讓對方爲自己倒一杯玉米鬚茶。

「很辛苦吧？」

用玉米鬚茶乾杯後，老闆選了個老套的開場白。敬萬只是點點頭，而老闆用他的大手摸了摸下巴之後繼續問：

「你從事什麼行業，爲什麼……總是很晚下班？」

哈，才稍微對奇怪白熊有點改觀，這傢伙就想來挖我的身家背景了是吧？

「我是業務。」

「業務……你……賣什麼？」

不管是賣什麼，都不是你能買的東西。

「醫療器材。」

「醫療器材……是醫、醫院用的嗎？」

怎麼？難不成他還有一間醫院嗎？

「對。」

「醫院的話……很辛苦呢……你是一家之主吧？光看……就能感覺到……要養

家的重擔。」

現在還要插手管到我的私生活？這位大叔眞的太超過了。養家的重擔？眞讓人好奇這傢伙有幾兩重。

「我看老闆你應該也要養家吧？生活就是這樣啦。」

「這麼晚回家……孩子應該也都睡了。你……有女兒吧？」

什麼啊？這傢伙會算命嗎？不會吧，反正要不是兒子就是女兒，二分之一的機率，很容易猜中。

「我有兩個女兒。」

「眞好。女兒……最好了。」

男人用有如厚實熊掌般的手搓了搓自己的臉。不知爲何，敬萬總覺得那模樣看起來有些寂寞，這也讓他的態度有些軟化。敬萬下意識掏出皮夾，拿出皮夾裡雙胞胎女兒剛進小學的照片，照片中兩人露出牙齒開心地笑著。因爲敬萬總是晚回家，所以比起女兒本人，他更熟悉兩人照片中的模樣，不過這已經是她們六年前的樣子了。

「她們眞的好漂亮……雖然不知道……誰是誰。」

「因爲是雙胞胎。」

「原、原來如此……爲了這麼漂亮的女兒……你才這麼認眞工作啊。」

「爲人父母不都是這樣嗎？」

「當父母……很辛苦吧？」

「對啊，很辛苦。」

明知對方有誘導自己做出這個回答的意圖，但還是上當了。不過話一說出口，敬萬的嘴就像裝了馬達一樣，如水壩潰堤般開始說個不停。兩個快上國中的女兒都不太跟他講話、太太成天有意無意壓榨他、在公司被忽視且越來越沒有立足之地，面對客戶時還會被瞧不起……敬萬像是被附身一樣，口沫横飛地對男子大吐苦水。

男子又爲敬萬倒了杯玉米鬚茶。不知是不是說到口渴，敬萬大口喝下。喝完後雖然瞬間感到十分暢快，但羞愧感又隨即湧上心頭。

「公司……要想辭掉也不容易……但跟家人相處的時間……又不夠。」

「……沒有其他方法可以排解我的痛苦。」

「所以你……才會下班後來這裡……喝酒啊。」

「對呀。」

「那就……喝玉米鬚茶吧。」

「什麼？」

「戒酒然後改喝……玉米鬚茶。剛才你說太太禁止……你在家裡喝酒嘛。改喝玉米鬚茶……就不會花太多錢，也能在家裡吃消夜了，不是嗎？跟家、家人一起。」

「你說什麼？」

「我其實也才戒酒兩……兩個月……而已。這……是有可能的。」

男子拚命勸著敬萬，好像他是發明玉米鬚茶的人一樣，並有意再爲敬萬倒一杯茶，敬萬立刻起身拿起背包。

「謝謝招待。」

敬萬道謝後轉身離開，男子仍緊跟在後低聲說道：

「不喝酒之後隔天……會覺得很清爽……在公司效率也會變好。」

我當然知道。效率提高，薪水也會提高，還有機會升遷，好得不得了。這道理誰不知道啊？這個瘋狂迷戀玉米鬚茶的怪傢伙，到底憑什麼在那大放厥詞？

自從跟白熊男進行過那番令人困擾又荒謬的對話之後，敬萬開始避開那間便利商店，他甚至刻意拉長自己下班返家的動線。雖然另一條路要多爬十階樓梯，再穿過積雪較厚的陰暗小巷，但可以不必看到那動不動就說教又自以爲是的嘴臉，這點辛苦還算可以忍受。因爲對方太討人厭，敬萬又覺得很羞恥，所以他下定決心再也不去那間便利店喝酒。

好笑的是，不去那間便利商店之後，敬萬便澈底失去能夠獨飲的空間。雖然找到幾間便宜的酒館，但仍會導致開銷增加。而社區裡其餘的便利店，都要等到春天才會重新開放座位區。

該死，凡事還是得靠自己。敬萬決定乾脆不喝酒，下班後立刻回家。太太和女兒都對十一點前就回到家，且沒有一身酒氣的敬萬感到陌生，但隨即又表示支持爸爸願意戒酒的新年新目標，這個開展實在令敬萬感到意外。新目標？雖然只是碰巧遇到新年，讓家人誤會了敬萬的用意，但妻女難得支持他的決定，讓敬萬非常開心，也順勢決心正式戒酒。這個變化讓他想更早一點回家，獨飲念頭也隨之消失。

現在下班之後，敬萬不再只是看棒球，而是跟妻女一起看電視，他因此發現許多有趣的節目。尤其每週三，他一定會早早回家，跟女兒一起看〈請給一頓飯〉這檔綜藝節目。大女兒總是在問，爲什麼〈請給一頓飯〉不來青坡洞，很希望聖誕老人裝扮的姜鎬童能出現在自己家裡。晚五分鐘出生的二女兒則說自己更喜歡李敬揆，每次看到李敬揆穿著唐吉訶德服裝的炸雞廣告，總會開心地又叫又跳。這時太太就會允許她們吃炸雞，女兒也因爲知道爸爸提早下班就有炸雞可吃而更加開心。

爲什麼開心？因爲炸雞？因爲爸爸的陪伴？其實無論是什麼都沒關係，因爲能一起吃雞的就是家人。

就連春節連假回老家期間，敬萬也滴酒不沾了。逢年過節總是醉醺醺玩著花牌的爸爸與叔伯長輩，對敬萬這種改變嗤之以鼻，但敬萬的太太和媽媽卻非常滿意這樣的他。

連假結束後沒幾天，深夜下班返家的路上，敬萬下意識選擇會經過那間便利店的路線。現在即使走到那間店前面，敬萬也不會想要喝一杯，甚至完全不會想到喝酒這件事，步伐既輕盈又自在。但敬萬很好奇，白熊老闆是否還沒找到工讀生，依然自己做著大夜班，便忍不住朝店內看了一眼。

便利商店櫃檯裡空無一人，但戶外座位區桌上放著一瓶玉米鬚茶，讓敬萬知道白熊男一定在。欸，這傢伙還眞是有趣。一個月前敬萬被芝麻泡麵吸引走向便利商店，這次則是被玉米鬚茶吸引著朝便利商店的方向走去。

敬萬靜靜看著放在戶外座位區的玉米鬚茶，接著拿起玉米鬚茶走進店內。

叮鈴。

店內空無一人，安靜得有如眞空狀態。敬萬想喝玉米鬚茶想得受不了，但櫃檯裡沒看到白熊男，也沒有工讀生。實在不得不說，這間便利店還眞是很不便利。

這時，身軀魁梧的白熊男像是剛剛冬眠醒來離開洞窟一樣，伸著懶腰從倉庫出來。他面帶笑容看著敬萬並走向櫃檯，敬萬則回以尷尬的微笑，一時想不到該說些什麼才好。

「你過得好嗎？」

「喔……很好。你……過得好嗎？」

「很好，託你的福。」

接著是一片尷尬的沉默，然後敬萬才將手中的玉米鬚茶放在櫃檯上。

「多少錢？」

「免費。」

「爲什麼？」

「這是爲了給你……才放在那的。」

「所以我問爲什麼？」

「喔……就像之前說的……玉米鬚茶就像酒一樣會上癮……每天喝兩、三瓶……對我們店的營收也有幫助。總之……是個像魚餌一樣的商品。」

男子說得斷斷續續。敬萬雖然覺得這番話難以置信，卻還是決定相信他。

「謝謝。」

敬萬低頭道謝。

「但作爲交換……請你買點那個商品吧。」

敬萬轉頭看向男子手指的方向，是櫃檯旁陳列的一款名叫萊佳哈斯的巧克力。

「對，就是那個，買一送一。」

他說的沒錯，萊佳哈斯旁邊還貼著「買一送一」的標籤。敬萬依他所說，抓起兩個萊佳哈斯巧克力放在櫃檯上。

「青坡洞最漂亮……那個……一樣漂亮的兩個孩子……會喜歡這個。」

正在幫敬萬結帳的白熊男，雖然是以不經意的表情說出這句話，但敬萬卻覺得內心深處莫名被觸動。他掏出信用卡，同時呑了口口水。

「她們很喜歡這款巧克力……不知從什麼時候開始不買了……總是選擇買一送一的巧、巧克力牛奶。所以……我就問她們，妳們最近……不愛吃了嗎？」

「然後呢？」

「不知道是大的還是小的，總之……其中一個回答說，因爲現在……這個沒有買一送一了。」

「……」

白熊男遞回信用卡，敬萬一言不發靜靜收下卡片。

「所以我……就試探了一下。我說孩子們，這個……又沒多少錢，叫媽媽買給妳們……就好啦，然後……你知道……她們說什麼嗎？」

男子緩慢地說著，讓屛息以待的敬萬差點要暈過去。

「她們說什麼？」

「她們說……媽媽講……爸爸賺錢很辛苦……我們要省著點花……去便利店……只能選買一送一。眞、眞是非、非常精打細算……孩子……眞的很懂事。」

「……」

「昨天，商品又開始……買一送一了，今天爸爸買回去……叫女兒明天開始……

再來買吧。」

看見敬萬默默流淚的男子露出一個苦笑，砰砰敲了兩下櫃檯的桌面。敬萬用大衣的袖子抹了抹眼淚，用眼神向男子示意後，便將信用卡塞回錢包。

錢包裡的一對雙胞胎女兒，正因買一送一而開心地笑著呢。

不便利的便利店

人生就是要不斷解決問題。

仁景走在一條老舊到拖著行李箱便陷入窒礙難行的路上。行李箱發出哐啷一聲，她也順勢停下腳步四處查看。今天她要解決的首要之務，是在寒冷的冬天找到住處。幸好住處已經訂好，只是路痴如她，要在首爾老舊的社區巷弄中找到那個地址，絕非易事。她在南營站便打開地圖軟體並順利抵達青坡教會，只是到了教會後方的小巷子，仁景的 iPhone 便自動關機了。凜冬已至！一到冬天，過於老舊的手機便會毫不留情地無預警罷工，這也使得找到住處的困難度大幅上升，仁景最後陷入連打電話問路都做不到的窘境。可惡……她必須省下罵人的力氣，去找個能夠幫忙自己的地方。

站在兩條巷子之間的仁景，發現一間位在

三岔路口的便利店，她擠出最後一點力氣拖著行李箱走到店內。既然是便利商店，應該能給點方便吧？她將行李箱放在門邊，抓起貨架上的長方形巧克力。身後就是櫃檯，一名二十幾歲的女工讀生站在那看著仁景的一舉一動。

結完帳後，仁景立刻拆開巧克力的包裝咬了一口。補充完能量後，她才感覺到一路拖著行李箱的手不斷發抖，腳也很不舒服。仁景意識到工讀生一直盯著自己，便大口大口把手上的巧克力吃光。接著像是在嚼口香糖一樣，反覆咀嚼嘴裡的巧克力，同時還厚著臉皮問工讀生，能不能借她打一通電話？

工讀生答應借她電話，仁景用眼神道謝後便將行李箱放倒在地，打開來翻找東西。幸好在行李箱裡找到手冊，上頭記錄著她要撥打的電話號碼。透過便利店的市內電話撥打該號碼後，仁景很快聽見電話另一頭傳來一名女大學生的聲音。仁景告訴對方自己的名字，並仔細說明她手機沒電，現在是借用便利商店的電話聯繫對方。

「便利商店嗎？是 ALWAYS 嗎？」

仁景回答說是，對方便大笑說她就在對面公寓的三樓。仁景放下話筒往外看去，發現有人立刻打開公寓三樓的窗戶，探出頭來，朝著她揮手，那張臉上掛著跟熙秀老師十分相似的笑容。

去年秋天，仁景入住元州的朴景利土地文化館。那是撰寫《土地》這部作品的已故作家朴景利老師，爲了後輩作家所建立的空間，裡面還免費提供文字創作者與藝術家創作空間與三餐。仁景在去年成爲作家，並申請入住該處。下定決心進駐土地文化館的她，希望能在那裡爲自己的創作生涯劃下句點。

她退掉位在大學路的租屋處，把私人物品全寄回老家，只帶一個行李箱前去元州。土地文化館坐落在元州市郊一個悠閒的森林村莊內，宛如一座文學作家的活動要塞。在那裡不會有任何人來妨礙你的生活步調，是個能享受個人時間的好地方。創作者能夠每天走在整頓完善的步道上，把想法當成棉被鋪平、摺疊以獲取靈感，文學館還會提供健康的餐點。在那裡，每個人都像一顆遺世獨立的行星，小心翼翼地繞著彼此轉動、互相交換眼神，這樣的日常讓仁景感到無比新鮮。有些作家喜歡在午餐後打桌球。在平時，個性開朗豁達的仁景，肯定早就加入某個群體一起運動，但這次她決定花更多時間獨處。因爲當初要來這裡的時候，她便決定如果在文化館仍寫不出東西，就要封筆。雖然也不是說花更多時間獨處，就能寫出好文章，只是仁景並不急躁。況且她老是寫不出什麼，即便真的寫了點東西，也不知道什麼時候能搬上舞台。她必須想辦法撐過這段日子，而那段每天自問能否繼續從事戲劇創作的時間，隨著秋天楓葉的顏色變得越來越深沉。

入住文化館約莫三星期後，熙秀老師主動跟仁景接觸。她的年紀和仁景的小阿姨相仿，是一名中堅小說家，也是光州一所大學的文學教授。當時正是她的安息年，於是她跑遍國內外所有文化館，最後選擇土地文化館作為終點。而在來到這裡後，她不時留意起獨自窩在寫作室裡的仁景。主動接觸後才發現，仁景正在努力過完她剩餘的作家生涯。

「為了封筆而來寫作室，還眞像小說的劇情。要是用戲劇分類來看，應該可以算是一種荒謬劇吧？」

「就……我也不知道該怎麼辦。感覺來到了自己的極限。我本來覺得已經跨越人生的難關，但現在覺得有點累。」

「休息吧。朴景利老師生前說過，即使這裡的作家不寫作只是在閒晃，那也都是一種創作行為，別去干涉他們。所以妳也放下那些該放下的雜念，好好專注在作品上吧。畢竟沒有經過深思熟慮的書寫，就只是普通的寫字，而不是創作。」

「謝謝您。我從來沒有正式學過創作的方法，教授您對我說的這番話，對我有很大的幫助。」

「別叫我教授，就叫老師吧，叫我熙秀老師。還有，散步的時候別一個人去，多找我一起去吧。」

第一次一起散步時，熙秀老師這番話安慰了仁景的心。後來的時間裡，仁景也繼續和熙秀老師一起散步。她們走向位在文化館附近延世大學校區內的湖邊步道，然後再從附近的林間小路走回來。快搬出文化館之前，她們還一起去爬了雉岳山，兩人都覺得對方是分開會覺得不捨的可靠夥伴。

即將搬離文化館創作室前的一個星期，熙秀老師問仁景的下個目的地在哪，仁景說雖然在這裡的期間沒有從事太多創作，卻有很好的收穫，所以打算回去首爾重新找個地方繼續創作，放棄寫作的事就暫時保留。如果說這想法能夠算是一種收穫，那這一趟對仁景來說確實很值得。仁景決定，在首爾展開的夢想，就要在首爾結束。熙秀老師也同意她的決定。

「妳打算到哪裡找工作室？」熙秀老師問。

仁景回答說考慮找間考試院的房間。畢竟手邊沒什麼錢，意志力又不夠堅定，似乎非得靠搬進考試院逼自己背水一戰。仁景說打算在考試院住到冬天，如果還無法寫出一部作品，那就直接回故鄉釜山，從此不再留戀。

回釜山之後有很多事可做。她可以到老家店鋪所在的南浦洞罐頭市場工作，也可以去朋友店裡上班。父母會勸她去相親，如果跟對方合得來，那就結婚生個小孩。

「回老家除了寫作之外，其他什麼都能做。」

仁景有些難爲情地笑著回答，熙秀老師則報以一個尷尬的微笑。

隔天，熙秀老師問她說，不介意的話要不要找找考試院以外的地方。熙秀老師建議，她讀大學的女兒會在放假期間回光州老家，到時淑明女大前門附近的公寓會空出來，不如就借用那裡當工作室。看著仁景驚訝又有些遲疑的表情，熙秀老師趕緊接著說，反正女兒三月就會回去住了，只有不到三個月的時間能借她，希望她能在那段時間裡放心寫作。明明是自己主動免費出借空間，但熙秀老師卻說的像是拜託仁景來住一樣，如此貼心的舉動讓仁景幾乎要哭了出來。總是很勇敢自持的仁景，不太願意在人前哭，這次卻因爲熙秀老師而忍不住哽咽了，最後仁景選擇以開懷大笑代替感謝。

就這樣，仁景再度獲得一個有使用期限的工作室。說不定這裡會是她創作生涯的最後一站，甚至很可能是她首爾生活、作家生活、戲劇人生的終點。總之，這個地點就位在龍山區青坡洞的某公寓三樓。

「媽媽說作家姊姊來的話，就帶妳到附近走走……但怎麼辦？我等等就要搭男友的車回光州了。」

「沒關係，我一個人也可以。借住期間我會好好維持清潔的。」

「哈哈，妳眞的好酷，我媽就有點難說話……可能是因爲妳以前當過演員吧，總覺得妳不像作家，很好溝通呢。」

「我已經不當演員了，現在的確是難溝通的作家沒錯。」

仁景皺起眉頭，擺出固執的模樣，熙秀老師的女兒見狀立刻爆笑出聲。好人果然就會養出一個好孩子，仁景想起在土地文化館的最後一天，從熙秀老師那裡聽到的那番話。當時仁景說多虧了老師，這段時間眞的很開心，但……不知老師爲何要對自己這麼好？這問題雖然問得有點多餘，但仁景無論如何都想表達自己的感謝。

熙秀老師專心思考了一下，說：「巴布狄倫的外婆曾經告訴他，幸福不是在通往目標路途上的某樣東西，而是那條路本身就是幸福。你所遇見的每個人，都在苦苦掙扎著與什麼對抗，所以你必須親切待人。」

＊

她說，這次遇到仁景時，不知爲何想起了巴布狄倫。這雖然充分解答了仁景的疑問，卻讓她不知該回什麼才好，只能表示自己也是巴布狄倫的歌迷。

巴布狄倫得到諾貝爾文學獎的隔年，仁景便決定成爲作家。就像歌手巴布狄倫跨界獲得文學獎一樣，演員鄭仁景也跨界成爲了劇作家。宛如吟遊詩人的巴布狄倫，在仁景心目中有著非常崇高的地位。但是就在巴布狄倫獲得諾貝爾文學獎時，仁景卻因爲批判前輩的劇本而遭受攻擊。仁景實在很難接受那番指責，他們說像她這樣一個不會創作的演員，憑什麼逾越本分裝懂批評別人。於是她利用零碎時間撰寫劇本，並在該年年底將劇本投稿到某報社的新春文藝獎，最後她如願以償地得獎了。

但接下來眞正的問題才開始。仁景成爲劇作家後，演員的工作便越來越少，她寫的劇本也遲遲沒有機會搬上舞台演出。有些導演不太喜歡用兼任劇作家的演員，也有些戲劇策劃人員不把演員寫的劇本當一回事。這讓仁景感到焦慮，也覺得自己不受尊重。於是有段時間，她都做好只要有人敢惹她，絕對要給對方好看的心理準備，那期間她也眞的爆發過幾次，結果卻導致她的名聲一落千丈。

因爲決定不再繼續當演員，她也就離開大學路的劇場圈。結束演員生涯的前五年，她固定會在每年夏天重新上演的作品裡擔綱演出主角。那是一個名叫「閃亮」

的準新娘角色，年約二十七歲，在結婚典禮前兩天選擇離家出走。這角色象徵了仁景的自我，更是她在這個圈子的代表作。但前年春天，製作人把她叫去，通知她以後無法繼續合作。製作人說，仁景的生理年齡已經三十七歲，雖然一直都演得很好，但現在也是時候把閃亮這個角色，讓給更年輕的後輩去發揮。談到這裡都還沒問題，仁景也接受了這個說法。沒想到對方補充說，希望之後能夠合作更成熟的角色。仁景聽完只是嗤笑一聲，便轉身甩門離開。回到租屋處後，憤怒的心情仍無法平息。什麼成熟的角色？是年紀大的人才能演出的角色嗎？仁景大喊，什麼成熟的角色，乾脆找隻狗去演吧！她下定決心，要寫出一部成熟的作品。

那之後又過了兩年，她完成的作品寥寥無幾。電腦資料夾裡那些劇本一點也不成熟，檔案放到快要爛掉都還不曾有機會正式搬上舞台演出。仁景變得像是徘徊在大學路的幽靈，偶爾到前同事的劇團去幫忙，或是偶爾出席聚餐，聽人家喊自己一聲「編劇老師」。雖然因為作品意外得獎而當上劇作家，但寫作訓練不夠，筆力不

＊出自巴布狄倫自傳《搖滾記》，大塊文化出版。

足以支撐她站穩腳步成爲眞正的編劇。爲了培養寫作能力，她不停創作，作品被退、被拒絕是家常便飯。終於，今年夏天她苦盡甘來，一位劇場圈前輩的劇團，願意將她的出道作品搬上舞台演出。不過她的出道作不僅未能掀起話題，就連評價都十分慘淡，這樣的結果讓仁景感到十分淒涼。

她深信，人生就是不斷解決問題，並持續揮灑自己的熱情。只不過，她解決事情的能力，似乎快被眼前的困難給消磨殆盡。十年前，她下定決心成爲演員，並帶著一大筆租屋基金來到首爾，始終沒能熬出頭的她，後來只住得起便宜月租的房子，不過到如今連租屋基金也所剩無幾。戲劇雖是她一直以來的夢想，但如今似乎蒙上了一層陰影。沒有能讓她立足的舞台，她所創造的舞台也遲遲沒有開演，靈感已漸漸枯竭，寫作能力則像老舊的手機電池，無法好好發揮作用。

入住這個特地爲她空出來的房間，整理好行李之後，仁景坐到桌前調整了一下呼吸。實在無法想像待在這裡的三個月，會如何改變她的人生。幸好這裡離首爾車站很近，她決定若無法在三個月內完成作品，就要直接坐上回釜山的火車。這時敲門聲響起，熙秀老師的女兒開心地說男友的車來了。

送走兩人之後，仁景打算先睡一覺。她躺上床閉上眼睛，很快進入夢鄉。

再醒來已是午夜時分，看來她眞的非常疲憊。不知是不是睡覺時冒了汗，她感覺身上的短袖T恤有些潮濕，肚子也非常餓。仁景想起自己決定不要亂動屋裡的食物，於是速速穿上夾克走出公寓。

她在寒風中走進白天借用電話的那間便利店，隨即聽見一聲低沉的問候。一名中年男子站在櫃檯，讓人立刻聯想到劇場界專演大塊頭角色的演員，而他那副長相就像是演技派演員。這話的意思是，這類人看上去就是不靠外表而是憑實力定勝負。總之，這間便利店晚上應該不會遭小偷，仁景一邊胡亂想著一邊往貨架走去。

眞是難買。仁景完全找不到喜歡的零食，鮮食區也非常貧乏。飯捲、三明治都不合她的胃口，便當也只剩下兩個內容物非常空虛的選擇。

空手而歸似乎很可惜，於是她買了冷凍餃子和肉乾，再走向冰箱挑啤酒。即便現在有四罐一萬韓元的優惠活動，但她仍無法挑出四罐她喜歡的啤酒。仁景放棄湊滿優惠，決定拿兩罐海尼根去結帳。

「你們便當進得很少嗎？」

「是爲、爲了……不要報廢……」

櫃檯的中年男子被她的問題嚇到，結結巴巴地回答。如火如荼投入文字創作時，仁景會連做飯都嫌麻煩，也因此非常愛買便利商店便當。所以中年男子這番回答，對她來說眞是個壞消息。雖然買了冷凍餃子，但她想起自己忘記確認公寓裡是否有微波爐可用。仁景四處張望，完全沒看見微波爐的影子。向中年男子一問，對方便以結結巴巴的語氣道歉，說微波爐今天故障，現在送修了。

「不，這沒什麼好道歉的……只是有點不方便。」

「總而言之……對，這是一間……不便利的便利商店。」

男子老實的回答讓仁景笑了出來。怎麼回事？居然這樣嘲諷自己工作的地方？這名中年男子居然敢說自己工作的便利商店很不便利，那到底來這裡之前他是在做什麼的？仁景仔細觀察對方的臉，看似堅毅的下巴、大大的鼻子、半睜的眼睛再加上大塊頭，讓人聯想到一頭睏倦的熊或疲憊不堪的猩猩。男子完全不知道仁景在想些什麼，只顧著對著眼前這名正在觀察自己的女子微笑。

「妳喜歡……山珍海味便當嗎？」

男子沒頭沒腦的問題，嚇了仁景一跳。

「那個最受歡迎……很快就賣完了……以後要幫妳……留一個嗎？」

「不用，不必幫我留。」

仁景趕緊拿起自己買的商品離開便利商店。男子說出「請慢走」的低沉聲音，讓人聽了渾身不自在。這還眞是……不僅店內商品項不全有夠不方便，那個人更是讓人感覺不自在。仁景決定以後只在下午來光顧，那個時段的店員是曾經借她電話的女工讀生。

醒來一看，發現已是凌晨一點。該死，都不知道一天是怎麼過去的。昨天凌晨吃了肉乾、喝了啤酒之後，仁景便花了一整晚試圖把房間改裝成工作室。接著她出門，繞過淑明女大，越過小山丘前往附近的孝昌公園。繞著孝昌公園散步五圈，她感覺心情輕鬆不少，於是開始在社區裡探險。記住一些不錯的散步路線、菜市場、超市與餐廳之後，她便回家洗澡。雖然到了午餐時間她開始有點睏，但還是忍住倦意查看起劇本徵稿競賽的資訊、掌握劇場圈的動向。想創作就要有動機，最好是參與有期限的計畫，但目前沒看到合適的機會，只是她再次想起自己訂下的期限。接近傍晚時分，她到早上散步時看中的餐廳吃了嫩豆腐鍋。雖然想念土地文化館健康又免費的餐點，但這裡畢竟是首爾。爲了省錢，她決定一天只能外食一次。

回到住處後，她看起美劇《絕命毒師》。仁景每次焦慮時，都會把這部影集當成藥來服用。每次聽到英文原劇名「Breaking Bad」，她總會自言自語低聲唸出「衝破不幸」。雖然她後來才知道，劇情跟翻譯片名沒什麼太大的關係，但最一開始透過盜版接觸這部戲時，「衝破不幸」的劇名讓她留下深刻印象。片中主角華特就是這樣，他爲了衝破人生的不幸，開始製造並販賣毒品。或許是因爲這個緣故，每當仁景對未來產生不確定性、感到憂鬱時，總會找出這部作品來看。畢竟《絕命毒師》怎麼看也不膩，且劇本有許多可學之處，甚至因爲看過很多次，早已把劇情背得滾瓜爛熟，所以即使看到睡著，也不會因爲錯過某些段落而覺得可惜。

凌晨一點，肚子咕嚕嚕的叫聲提醒她，新的一天又開始了。她應該去買點菜回來、應該調整日夜顛倒的作息、應該好好珍惜在這裡的時間……總之，首要之務是安撫當下的飢餓感。

她穿上夾克想去便利店，卻又想起那個令人不自在的大塊頭男子。正在想是否要找其他間便利店的她，最後決定與其在寒冷凌晨出外徘徊，不如忍受家門口便利店的不便利算了。

叮鈴，店內靜悄悄的。沒看見那名男子，故障的微波爐似乎修好了，擱在窗邊角落。商品選項依舊很少，看來是這間分店的銷售成績不起眼，所以就沒有引進太多商品，但這樣一定會導致客人越來越少，顯然這間店已經陷入了惡性循環。仁景覺得這間店跟自己一樣處境堪憂，內心突然湧起一陣酸苦，這份苦澀又更加重了飢餓感，令她快步往鮮食區走。

這次仍然只剩下兩個內容物空虛的便當，好像昨天的商品沒清掉一樣，讓仁景很不放心，但仔細一看，就能看見那兩個便當下方還另外放了一個商品。仁景拿開壓在上頭的便當，將下面的便當拿出來。那個便當看起來相當美味，數一數竟有十二種高級小菜，眞是令人垂涎三尺。仁景拿著便當往櫃檯走，但不知男子是否人在倉庫，店內不見他的人影。凌晨放著店不顧跑哪去了？今天這間便利商店同樣讓人感覺很不便利呢。正當仁景不耐煩地四處張望，邊想著該怎麼辦時，發現櫃檯上放著一張A4紙。上頭用黑色麥克筆潦草寫著：

肚子痛！請稍等。

傻眼！仁景忍不住笑了出來。居然突然肚子痛……對啦，這也是有可能。但難道不是應該把這張紙貼在門口，然後把門鎖上才對啊？留言放在櫃檯上，人跑開，這樣到底有什麼用啊？如果有誰知道店裡沒人，跑進來拿走商品跟現金怎麼辦？難道是因爲覺得店就位在住宅區內，不用擔心被偷？還是覺得被偷也無所謂？雖然店裡有監視器，但這樣子會讓人興起一股偷竊的念頭，實在很不安全。仁景是個有話必說的人，看到這種情況實在無法置之不理。

叮鈴一聲，男子帶著解決完生理現象的輕鬆表情回到店內，一進門便立刻跟仁景對上眼。他不知低聲說了什麼，急忙往櫃檯走去。仁景讓路給他，同時用不悅的眼神盯著他瞧。

「這個……好吃。」男子邊結帳邊說。

仔細一看，仁景挑選的便當就是昨天男子說的「山珍海味便當」。

「妳眞會找……我還藏起來了說……」

「什麼？」

「昨天……妳要找好吃的便當……所以我就藏在下面了。」

現在是要怎樣？難道我該感謝他嗎？仁景不知究竟該如何接受男子這讓人備感壓力，又不知是何意圖的好意。結完帳後，仁景拿著便當往微波爐走去。公寓裡沒有微波爐，她只能在這裡加熱。仁景拆開便當的塑膠包膜，將便當放入微波爐裡加熱，就在等待期間……她轉過身去看了看男子。男子居然對她比讚，眞是個讓人很有壓力的大叔耶。仁景大步走向男子。

「先生，你剛剛居然丟著店面，人就跑了出去，眞的不可以這樣。」

「因爲，我很、很急……這裡……這個……」

男子慌張地拿起A4紙給仁景看。

「我的意思是，你不能把公告放在這裡。應該貼在門口，然後把門鎖上才對。如果有青少年跑進來，看見店裡沒人就想偷東西的話怎麼辦？你知道破窗理論嗎？如果放任社區裡的破窗戶不修，就會使竊盜跟犯罪案件增加。你這樣放著店不管，會讓那種意外的發生率提高。而且你好像是店裡的員工，我想不會有老闆喜歡員工這樣做事吧？你應該做好自己份內的工作才對。」

仁景向來覺得對就是對、錯就是錯，再加上想跟這個給她莫名壓力的男子劃清界線，於是就這麼放膽說了一頓。一般來說，男人都會很不喜歡這樣的女生，對方應該是不會再對仁景示好了。不過男子默默聽完仁景這番話，竟是羞愧地低下頭。

「那個……您說的沒錯……但我能不能……說說我的想法呢？」

「請說。」

「我有腸躁症……所以……肚子一痛起來就忍不住……剛才……我本來想把……這個貼在門上，努力忍著到處找膠帶……就在那時，呃，有點……漏出來了……所以……沒有成功貼在門上……只好放在這裡……連門都沒鎖就衝出去了……到廁所脫下褲子之後立刻……」

「夠了！」

總之就是不小心大了一點出來，急忙衝去廁所才沒能鎖門，但這眞的太倒胃口了，仁景實在是聽不下去。聽他這麼一說才發現，他身上確實有屎的味道，眞的是讓人感覺又髒又不舒服。

「我知道了，你下次注意點。」

仁景轉身走回微波爐旁拿出便當，本想帶著便當快速離開店內，沒想到男子又再次低頭大聲說：

「今天突然肚子痛……眞的很抱歉。」

「好了啦！我是來買飯的，不要再說屎尿話題了！」

你肚子痛？我才是給你氣到頭痛！正要推門出去的仁景轉過頭，對著男子大吼一聲。眞的是讓人忍無可忍。我，可是大學路暴怒大姊鄭仁景！

看著仁景大發脾氣的男子，一臉驚訝地愣在原地，然後才結結巴巴連忙道歉。那斷斷續續的說話方式也讓人很受不了！仁景推開門離開便利店，暗自下定決心「絕對不會再來這裡」。

入住熙秀老師提供的青坡洞公寓已經一個星期，創作進度仍然停滯不前。她決定放棄在土地文化館寫到一半的題材，試著用一直在她腦中盤旋的其他設定發展新故事。比起太過抽象的劇本，她更想寫貼近現實的故事，但又不想寫明顯商業化的作品。她想寫人的生活空間，以及角色在那個空間裡受折磨的傳統戲碼；或是一齣讓觀眾感覺能夠融入，能將自己投射在演員身上的作品；再不然就是一齣在觀賞中會一直感到有趣、緊張，離開劇場後還能反覆咀嚼劇中涵義的作品。

整天坐在桌前戰戰兢兢地創作，讓仁景益發心煩難耐。天氣越來越冷，她為了省錢而減少外食，開始在家做點東西來吃。每到晚上，她會坐到窗邊，一邊喝茶一邊觀察下班的人潮，為自己一天的工作畫下句點。

她發現最近每到晚上十一點左右，便利店戶外座位區會有一名中年男子在那裡獨自喝燒酒、吃泡麵。不知是不是因為由上往下看的關係，男子的頭頂似乎有些稀疏。穿著單薄西裝配大衣的男子，將飯糰泡在芝麻泡麵裡，像在吃湯飯一樣埋頭吃幾口後再喝下一大杯燒酒。雖然天氣很冷，但這樣小酌一杯再回家似乎能帶給他不少快樂。仁景一邊觀察那名男子，一邊想像那名男子的故事。實在很好奇這名上班族男子的冬夜戶外獨飲，究竟藏了多少職場的喜怒哀樂。

不過，今天便利店那名壯碩的男店員，竟然坐在上班族男子對面！而且他還拿著一個大紙杯，不知道在喝什麼。不管怎麼看都不像是咖啡，比較像是洋酒。天啊，他居然在上班時間喝酒？是因爲這樣，跟我說話時才結結巴巴嗎？是因爲喝到微醺的關係嗎？雖然不關我的事，但這傢伙眞是個很會搞花樣的店員耶。當男子再次把杯子斟滿時，仁景才發現他倒的不是酒。看那個寶特瓶的形狀，難道是天空麥茶？還是十七茶？看起來也有點像枳椇茶，這劇情走向是怎麼回事啊？仁景開始全神貫注觀察兩人的互動。

兼職男和上班族男子就這樣，一邊分享著淡褐色的飲料一邊聊天，突然上班族男子憤怒地說了幾句話便起身離去。兼職男聳了聳肩，將桌子收拾乾淨後回到店內。怎麼回事？突如其來的變化讓人好奇得不得了！好奇心有如快要噴發的青春痘一樣，癢得讓人受不了，於是仁景穿上大衣衝出公寓。

「你認識剛才的那個上班族嗎？」

仁景衝入店內，這個沒頭沒腦的質問，讓大塊頭男子疑惑地歪了歪頭。

「他、他是常客。」

「他是做什麼的？」

「我也不清楚……只知道他喜歡『嗆嗆嗆』。」

「『嗆嗆嗆』？」

「芝麻泡麵……還有鮪魚飯捲，跟眞露燒酒……他只吃這個組合。」

「簡稱……『嗆嗆嗆』？」

「對，『嗆嗆嗆』。」

「剛才他走之前跟你說了什麼？他好像生氣了……」

「那個……我要他別再喝酒……喝點別的……他可能不喜歡吧。」

「你勸他改喝什麼？」

「這個。」

男子一派輕鬆地拿起放在一旁的寶特瓶，是玉米鬚茶。

「為什麼……是這個？」

「這個可以代替酒……我也是喝這個……就不會想喝酒了。」

仁景瞬間不知該說什麼才好，眼前這個兼職男比想像中的還奇怪。現在仁景反而不覺得有壓力，而是開始對這個人產生興趣了。居然要常客別喝酒，改喝玉米鬚茶……而且「噏噏噏」又是什麼？感覺可以當組合商品賣耶。仁景開始對這名有著獨特思考方式的荒唐男子感到好奇。

「先生，你原本是做什麼的啊？」

「妳是……爲了問這個而來的嗎？」

哎呀，嫌我不消費是嗎？仁景點點頭，轉身往貨架走去，拿起芝麻泡麵、鮪魚飯捲和眞露燒酒，順道又拿了一瓶玉米鬚茶放在櫃檯上。結帳時，仁景再度詢問，但男子只是歪了歪頭，並沒有回答問題。

「先生，你原本是流氓之類的嗎？」

「不、不是。」

「還是坐過牢之類的，現在是更生人嗎？」

「我不是……那樣的人。」

「還是太太陪孩子出國念書，隻身留在本地賺錢的候鳥爸爸？」

「也不是。」
「啊，榮退！榮譽退休對吧？最近很多人自願退休，就是提早榮退，對吧？」
男子有些尷尬地搖搖頭，將裝著商品的塑膠袋遞給仁景。仁景沒有接過袋子，只是死盯著男子，眼神中透露出發誓要揭露男子眞實身分的決心。
「那你之前到底是幹麼的？我眞的很好奇啦，拜託跟我說。」
「街友。」
「什麼？首爾車站的街友嗎？」
「……對。」
「在那之前呢？」
「在、在那之前……不知道。我喝太多酒，失憶了。」
「酒精性失憶啊……的確有可能會這樣。那你當街友當了多久啊？」
「這我也……不記得。」
「那你怎麼來這裡工作的？怎麼會有機會來這裡工作？」
「因爲……老闆說天氣很冷，要我別待在首爾車站……來這裡避寒……我就來了。」

「哇！天啊！」

仁景不自覺地驚叫出聲，上下打量這名曾經是街友的男子。她再度詢問對方是否眞的不記得以前的事，男子告訴她說自己的記憶很模糊，實在想不太起來。仁景說要多跟人對話才能刺激記憶，便提議以後兩人可以約每天凌晨花點時間聊天。男子雖感到有些困惑，但還是勉強答應說好。最後仁景問了這名男子的名字，得到答案後才心滿意足地離開便利商店。

「我叫獨孤，不知道名字，也不知道姓什麼。」仁景一邊吃著「嗆嗆嗆」組合一邊複述剛才聽到的話。竟然發現一個非常有趣的角色，感覺連酒都變甜了呢。「嗆嗆」這個宵夜組合，或說是獨飲組合也非常新鮮。玉米鬚茶雖然有點不搭，但受酒精性失憶所苦的男子，爲了戒酒而喝點其他飲料來代替，這點確實很有意義。仁景決定繼續觀察這名男子。

仁景決定善用自己日夜顚倒的作息。她凌晨起床，像上班一樣到便利店吃山珍海味便當，並跟獨孤聊天。她發現獨孤比想像中聰明，而且也很善於察言觀色。聊了幾天後，仁景乾脆拿著筆記本去，把跟獨孤對話的大綱記錄下來。這個意外的取材，讓仁景有了能夠提筆創作的勇氣。

看起來獨孤不僅有酒精性失憶，更有精神創傷，所以才會導致他喪失過去的部分記憶。成爲劇作家之後，仁景讀過許多心理學書籍，也非常關注情感上的創傷。許多人都曾在情感上受過巨大創傷，這些人未來面臨的課題，就是必須帶著傷，繼續守護某些事物。過去的獨孤選擇閉上眼睛、轉身不去面對創傷，但現在的他正逐漸恢復，並透過與人交流，一點一滴獲得面對創傷的勇氣。

鼓起勇氣面對創傷、戰勝創傷的渴望與爲此付出的努力，將成爲人成長的動力，使一個人眞正活出自我、變得更加出色。在戲劇創作中若想凸顯某個角色，只需要將角色放在人生的十字路口，讓觀眾看見角色在關鍵時刻所做的選擇。獨孤得到便利商店老闆的幫助，脫離街友生活並重新融入社會，同時也努力面對自身的創傷，這樣的經歷能將獨孤打造成極具魅力的戲劇角色。

「可以確定的是……我原本過的不是這種生活。我沒什麼可以跟人分享的往事，沒有多少溫暖的回憶。」

「溫暖的回憶……是指什麼呢？」

「像現在跟小姐妳這樣的人……隨意聊天之類的……」

「你跟吃『嗆嗆嗆』組合的客人關係應該不錯吧？」

「對啊……在便利店接觸客人……就會跟人變得親近。就算不是眞心，只是假裝親切，也會眞的變親切。」

「這段話不錯耶，我可以寫出來嗎？」

仁景一邊把剛才獨孤說的話抄在筆記本上一邊問。

「妳已經在寫了啊……寫在筆記本上……」

「不是，我是說寫在我的作品裡，我說過我是編劇吧？」

「對、對耶，妳說妳在寫劇本對吧？那我也……會出現嗎？」

「還不知道會用在哪裡，現在只是做一些類似靈感筆記的東西……但我能確定，你幫了我很大的忙。我幾乎要放棄了，多虧你我才能繼續寫下去。」

「居然能幫上忙……眞是太好了。那既然如此……妳有沒有要買些什麼？」

「欸，我看你以前應該是做生意的吧？」

仁景噗哧笑了出來，最後帶走了四罐啤酒和三明治。獨孤爲她結帳時，臉上的笑容簡直可以媲美剛賣掉一輛汽車的業務。取材對象與創作者相互幫助，這感覺還不壞。

接近年底，仁景的手機開始接連被許多問候訊息轟炸。她直接忽視群組簡訊，而幾通未接來電裡頭，也沒幾個是她想回電的名字。打開久違的 Facebook，發現討人厭的傢伙多過於讓她好奇近況的好友。仁景必須承認，這越來越貧瘠的人際關係，其實是她自找的。彷彿知道她此刻正感到寂寞似的，手機頓時響了起來，螢幕上顯示的名字，讓仁景有些遲疑。

來電者是Q戲院的金代表，他就是在兩年前說仁景已經有年紀了，不適合再演二十多歲角色的那位製作人，同時也是讓仁景自主結束演員生涯的主因。他曾經是讓仁景得以養活自己的主要推手，但過去兩年來，雙方完全沒有聯繫。

仁景離開書桌，拿著手機走到窗邊的椅子坐下。不知該不該接起電話的心，就像手機的來電震動一樣抖個不停。等來電震動停下，仁景與金代表的緣分應該就澈底斷了。嘰咿咿咿──嘰咿咿咿──這時，仁景想起幾天前的自己，當時她還沒認識獨孤。獨孤說，人必須面對創傷，這也讓仁景覺得，是該好好面對自己的過去了。嘰咿咿咿──嘰咿咿咿──她按下了通話鍵。

金代表一派輕鬆地說年底到了，剛好想起她，問她過得好不好。難道你去年底就不好奇我過得好不好？仁景問。金代表則狡猾地回說，感覺去年即使打了，仁景也不會接電話，現在都過了兩年，覺得仁景應該也消氣了，所以才決定打電話給她。聽他這麼一說，仁景才終於放下心中最後的疙瘩。她直言不諱地說金代表應該不是個打電話只爲問候對方的人，不知道這回主動聯絡是不是有什麼事。金代表先調侃了一下，說她依然是個急性子，然後才接著說手上有一本已經買了版權，要改編成舞台劇的小說，想邀請她來改編劇本。改編啊……這很可能是她最後的創作，實在不想以改編作品收尾。金代表沒等她回答便接著說：

「如果妳想考慮一下，就先讀讀這本小說吧。是今年夏天出版的書，不會很難讀，內容很有趣。對話很多，故事本身就很適合改編成戲劇，這件事不難。」

「不，我不要讀，讀了好像就會想接手。」

「我們好久沒聯絡，我又是來邀請妳合作的……妳這樣一口回絕我很難過。」

「金代表，其實我可能要封筆了，所以我的最後一部作品希望能是原創作品。」

「喂，鄭仁景！妳之前不當演員，現在連編劇也不幹了……妳當眞要離開劇場界嗎？爲什麼老是把最後掛在嘴邊啊？」

「我不當演員都是因爲你的決定啊！」

「所以我現在給妳編劇的工作啊。」

「總之我是認眞的，我已經花了四個月在構思最後的作品。」

「那妳有什麼不錯的想法嗎？還是只是在說大話而已？」

什麼說大話！仁景大口喝下放在窗邊的玉米鬚茶，然後高聲地說：

「我已經構思好了！只要寫出來就好了。」

「是嗎？那妳講給我聽聽。」

「先把想法說出來很容易失敗，你不知道嗎？就這樣啦。」

「喂，妳很吊人胃口耶。鄭編劇，快告訴我啦，可以的話就不要弄什麼改編，先做妳那個劇本。」

雖然是爲了拒絕改編劇本而說自己正在寫原創劇，但其實也沒有什麼確切的內容。她只是採訪了一個在便利店工作的奇怪男子，找到一些靈感而已。仁景一邊煩惱該怎麼搪塞過去，一邊看著下方的便利商店。

「一說要做妳這個劇本，妳又不怎麼想做了是嗎？那就先把原創劇本放一邊，來做我的改編劇本吧。這部戲已經找好投資了，我可以立刻給妳簽約金——」

「便利店，是個便利店的故事。」

「便利店？」

「故事背景在便利店，是有各式各樣的人進出的便利商店，主角是負責便利店大夜班的神祕兼職人員。」

「嗯……」

「這名大夜班員工是個中年男子，他不知道自己的過去，因爲他有酒精性失憶。客人們擅自推測這名中年男子的眞實身分。猜他可能是流氓、更生人、脫北者、榮退人員，甚至可能是外星人！但他絲毫不在意這些，只是自顧自地推薦陌生的商品給客人……但……神奇的是客人買了這名男子推薦的商品後，煩惱都能一一獲得解決。」

「這……是《深夜食堂》吧。」

「《深夜食堂》？當然，那是一部好作品，但我的設定是便利店！而且這個主角不做菜。《深夜食堂》沒有挖掘主角的過去，但我的故事主要核心，就是挖掘這名大夜班男子的眞實身分。他回想過去的場景會交替出現，男子最後會了解他爲何必須在便利店工作的原因，他必須在便利店裡徹夜等待著什麼。」

「應該是在等物流來吧？」

「唉唷，別破壞氣氛啦，我是想設定成《等待果陀》那種感覺。就跟劇中的弗拉季米爾和愛斯特拉岡一樣，這名大夜班人員跟喝醉的常客每晚都會聊天。主角台詞會很多喔，裡面還會有『嗆嗆嗆』。」

「『嗆嗆嗆』？是什麼遊戲嗎？」

「你不知道啦，就是一個商品組合，簡單說就是芝麻泡麵配鮪魚飯捲跟眞露燒酒。」

「聽起來不錯耶，感覺能有置入，也可以讓觀眾直接吃。」

「沒錯。可以讓觀眾參與，就送他們這個套餐組合，讓他們拍照上傳到IG，這樣就能拿到置入贊助啦。總之，『嗆嗆嗆』是店員推薦給常客的組合，這名常客吃了這個組合後，就能感覺自己一天的疲憊獲得了療癒。這兩人就負責主要的台詞。然後社區裡有個難搞的女作家，那女人是個討厭的奧客。因爲是作家，所以都在晚上工作，總是會遇到這名大夜班男子，因緣際會下兩人開始分享自己的故事……」

「總覺得……那人就是妳？」

「不是！這個女作家很討厭這間便利店。大夜班店員看起來不正派，商品又少到讓她感覺很不方便。但冬天很冷，半夜又不能跑太遠買東西吃，雖然不便還是只能繼續光顧這間店……眞是不便利到了極點。」

「鄭作家。」

「怎樣？」

「請跟我合作這個劇本吧。」

「眞的嗎？我都還沒開始寫耶。」

「妳都寫好啦，就在妳的腦子裡。我們明年來演吧。我敢保證，那不會是妳的最後一部作品。這部作品上演後，妳肯定會再寫下一部作品。」

「……你眞的這樣想嗎？」

「嗯。」

「怎麼回事？我現在已經是沒有退路了……金代表你這樣隨便答應我，眞是太奇怪了。我一個字都還沒開始寫耶。」

「明天想個劇名然後來找我吧，本來就是要簽了約，才能開始寫劇本啊。」

「金代表。」

「幹麼？」

「眞的謝謝你。」

「我不是笨蛋，妳確實有點東西啊。我從聲音裡也聽得出妳的熱切……感覺妳會寫得很好。」

「我本來就寫得很好。」

「人眞的是不能隨便亂誇。所以要叫什麼名字？」

「名字？」

「這部戲的名字。」

「嗯……是便利店，但是很不便利……所以……就是不便利的便利店。」

結束與金代表的電話，仁景立刻打開電腦裡的文書軟體，飛快打起字來。寫下劇名後空兩行，她終於開始寫起可能是封筆前的最後一部作品。她不間斷地打著字，無論寫的是什麼，都需要靠打字來將內容輸出。既然是長時間苦惱思索的結果、既然已經有了只要稍微戳一下，就能給出很多反饋的想法，那現在該做的事情，就只有化身爲打字員，認眞敲打鍵盤完成作家應盡的本分。如果思考的速度快到手指跟不上，那就表示你走在正確的路上了。仁景像在演戲一樣，一邊唸一邊將台詞輸入電腦。她的左右手彷彿在彼此對話，她的腦子就像釋放封印已久的寫作能力一樣，不斷寫著故事。從傍晚開始創作，時間已不知不覺過了午夜，寒冷的冬夜越深，她文字的密度就越高。

那個凌晨，社區裡唯二亮著燈的地方只有獨孤所在的便利商店，以及她的工作室。

四罐一萬韓元

岷植在思考自己的不幸。

他想試著探究，到底是他的人生本就不幸，還是不知何時起不幸掌控了他的人生？

國小沒進入棒球隊，會不會就是不幸的開端？他身材高大又有運動天分，棒球教練甚至主動邀他加入球隊，卻因爲父母決定讓他專注在課業上而失去機會，這是岷植的第一個不幸。每個人都有不同才能，興趣也不一樣，眞不懂父母爲何不能尊重他喜歡的事物，爲何老是強調要好好讀書，才能成爲平凡的大人？岷植認爲應該是因爲父母的人生很平凡，擅長讀書的姊姊也很普通，所以才會希望家中最小的兒子能追隨他們，一樣當個平凡人。

第二個不幸會不會是去外縣市讀大學？

雖然父母親都希望岷植能跟自己一樣，進

入首爾的知名大學就讀，可惜岷植的成績根本搆不到邊。父母親或許是希望岷植能進入自己的母校，才有機會跟周遭親友炫耀一番，但岷植只是勉強考進該知名大學位在外縣市的分校，住進滿是學生套房的社區，成天喝酒、打撞球、玩星際爭霸電玩和參加棒球社團。簡言之，離家到外縣市讀書眞的是玩樂的大好機會。後來他驚險畢業，出社會後也親身體驗到，即便畢業於知名大學，但就讀的是外縣市分校，仍讓他在就業這條路上吃盡苦頭。他壯烈戰死在就業的沙場上，自尊心和熱情都受了重傷。

第三個不幸是太早成功。

父母分別擔任公職與教職，生活十分穩定，姊姊又是人人稱羨的專業人士，唯有岷植的世界像殘酷的叢林，赤身裸體的他必須想辦法生存下來。他不算特別聰明，又沒有亮眼的學歷，只能把健康的身體和踏實的雙腳當成武器，於是他決定無論什麼工作都要去嘗試。此外，能獲得家人認同的唯一價值就是錢，他需要的也只有錢，剩下的都是附屬品，只有錢才能讓他過得像自己。

岷植爲了賺錢不擇手段，行事總遊走在法律邊緣。他不後悔。做那些事讓他賺了不少，不到三十歲便以自己的名字買了公寓、進口車。賺了這麼多錢之後，父母、姊姊，甚至是自以爲是的姊夫，也無法再隨意給岷植任何建議。這樣很好。岷植用自己賺來的錢，讓自以爲是的他們閉嘴。他甚至想，如果再多賺一點，或許就能看到家人對自己鞠躬哈腰的模樣。如果能給剛退休的父親豐厚的零用錢、讓母親捐很多錢給教會，兩人肯定對他言聽計從。姊夫和姊姊也會來奉承他，希望他能投資他們的醫院。成功就在眼前，但問題也就出在此。想再多賺一點、過著像國王一樣的生活，讓他過度擴張自己的事業，岷植很快爲此付出代價。

第四個不幸令他刻骨銘心，也就是與前妻的相遇。

爲了東山再起而創業的岷植，在此時與前妻相遇，前妻跟他算是「同行」，善於用投機取巧的方式賺錢。岷植自認不容易被別人的花言巧語迷惑，卻太輕易就相信了這個女人。才不過六個月的時間，他便將所有身家財產投資在對方身上。有人說這叫愛，但岷植只覺得那是一時的鬼迷心竅。維持婚姻關係的那兩年他們彼此欺騙，騙局的最後是前妻占了上風，岷植只能把僅存的公寓讓出去以結束這段關係。離婚已經有兩年了，現在的岷植仍然認爲與前妻相遇是種不幸，前妻也有同樣的想法。或許該說是兩個壞蛋物以類聚，各自不停地把炸彈丟到對方身上，最後一起自爆才落得如今這種下場？爲了避免彼此更加不幸，兩人最終決定分開。能及時做出這個決定，是多虧了他們兩個在發展事業的過程中，曾經學習到如何掌握好時機。

儘管如此，不幸並未到此終結。岷植很快意識到，比特幣，也就是人們口中的快錢，對他來說是絕佳的好機會。但比特幣能賺錢只是他的錯覺，前面一連串失敗的打擊影響他的判斷，讓他犯下輕易投資比特幣的錯誤。總之，對岷植來說，比特幣是不該碰的錢，也是不停吃錢的錢。

經歷五次不幸之後，岷植再也撐不下去，只能回到母親居住的青坡洞。回去之後，他發現母親用父親留下的遺產開了間便利店。那遺產肯定有他一份，母親和姊姊卻完全沒有告知他，就直接把遺產變成便利店。雖說當時岷植正在跟前妻辦離婚，加上事業失敗整個人失魂落魄，與家人澈底失聯。可是，即便家人是因爲聯絡不上而沒通知他，岷植仍然感到憤憤不平。一天，他藉著酒醉壯膽，跟母親討自己那份遺產，兩人大吵起來，他一氣之下離家出走，輾轉在幾個朋友家借住。

岷植想到這裡就停了。一一細數那些不幸也沒意義，現在他需要的是找一筆資金來開創新事業。那筆資金就在「母親的」便利商店裡，不，應該說是在「母親擅自將屬於他的那份遺產」拿去開設的便利商店裡。他要拿回自己的那份來創業，然後東山再起，賺進更多的錢，到時再幫母親多開幾間便利店也不成問題，而且到那時還能把整天追問他要寄住到何時的渾蛋後輩狠狠踢開。

今天岷植約好跟基龍見面。明明長得不像G-Dragon，卻又要求大家叫自己G-Dragon的基龍，是個興趣跟喜好都誇大到讓人受不了的傢伙，他唯一的優點就是腦筋轉得很快。幾年前開始，岷植要做重大決定時都會詢問基龍的意見。這傢伙的思考方式跟岷植不同，總有辦法讓岷植重新檢視自己的決定。總之，聽了基龍的意見後雖然不一定會成功，但多少能降低失敗的風險。「等到聽說能賺錢時再去投資，就已經太晚了，在賠光之前快點脫身吧。」多虧了這傢伙的建議，岷植才能驚險脫離比特幣的泥淖，更得以及時從太陽能發電事業中抽手。

當時一名前輩說要搞太陽能發電，跑來邀請岷植合夥。他想，太陽終於照耀到他身上，自己的人生有轉機了！當場全身有股電流流過的顫慄感。那一陣子政府大力推動去核能的新再生能源培育政策，吸引不少投資客關注太陽能發電，更重要的是，岷植覺得自己似乎搶占了先機，有機會分得一杯羹。但是幾個月之後，岷植開始覺得事情不太妙，自己好像是涉入了一項詐騙計畫。因爲這個該死的計畫，不過是以投資太陽能爲餌，販售一些偏遠的土地而已。爲此煩惱的岷植，最後也是在跟基龍通過電話之後才得以脫身。

當時那位混蛋前輩，因爲岷植突然抽手而暴跳如雷，更警告岷植晚上回家要小心。沒想到最後卻是他自己半夜被警察抓走，現在正吃著牢飯。總之，如果不是基龍，他那如履薄冰的商場人生，說不定還要多加一筆蹲苦窯的紀錄。

總是扮演智囊角色的基龍告訴岷植，今天要跟他分享一個很好賺的事業。聽見有機會賺錢，岷植硬是借走後輩的羽絨大衣，頂著低溫開車到經理團路跟基龍見面。

新年期間，經理團路沒有擁擠的人潮，顯得十分悠閒。不，與其說是悠閒，倒不如說是冷清。這一帶商圈興起之後，房東的心也跟著飛上了天，店面租金開始呈幾何級數成長，負擔不起飆漲月租的店家紛紛倒閉，商圈開始陷入死寂。如今經理團路留下望理團路、松理團路、皇理團路等眾多後浪*，靜靜死在沙灘上。岷植很困惑，向來機靈的基龍到底爲何把自己叫來這裡？

抵達基龍告知的地址，發現整條冷清的街上只有一間小啤酒館仍在營業，岷植決定先把車停在店門口。

「喂，哥！就叫你別開車來了。」

才進酒館內就聽到基龍高聲指責，讓岷植有些不爽。

「臭小子，天氣這麼冷還要我搭大眾運輸嗎？」
「有計程車啊，搭計程車嘛。」
「幹，老子就有車，搭什麼計程車？」
「叫你別開車來是有原因的，今天要喝點小酒啊。」
「什麼？在這裡喝？你不知道我嫌啤酒淡，向來不喝啤酒的嗎？」
基龍一副懶得跟你說的表情，轉過身去面對吧台。岷植則是一屁股坐到金屬椅上，雙手撐在窄到不行的桌面，四下環顧打量起整間店來。昏暗照明搭配電吉他狂飆的搖滾樂，到處還放滿了美軍會喜歡的西洋骨董。店內最深處隨意掛著寫有「來杯啤酒，少喝點水」的標語，不知道是不是故意不開暖氣想逼大家喝更多酒，雖然人在室內，但岷植開口就能吐出白煙。

＊經理團路是首爾梨泰院紅極一時的熱門逛街地點，原名為「槐樹路」。由於是過去「韓國陸軍中央經理團」所在之處，故又名「經理團路」。「經理團路」爆紅之後，後續新興熱門逛街地點也依樣畫葫蘆，紛紛以「X理團路」的方式命名，這使得韓國各地出現許多以「理團路」為名的街道。

岷植不耐煩起來。他一向認爲啤酒只是用來兌燒酒或洋酒的搭配飲料，現在竟然專程叫他來喝啤酒？不管基龍接下來要分享什麼好東西，他應該都不會買帳了。基龍似乎沒能察覺岷植的不悅，離開座位向長髮酒保拿了個東西，再回到岷植身邊。那塊像砧板的木板上穿了好多洞，每個洞裡都嵌了比燒酒杯更大一點的杯子，杯中分別裝著深南瓜色與醬油色的液體。醬油色液體看起來像黑啤酒，那南瓜色液體則讓人聯想到干邑白蘭地。

「這是啤酒嗎？」

「喝喝看嘛。」

基龍嘴角上揚，做出要岷植喝喝看的手勢。岷植雖然很討厭用燒酒杯喝啤酒，但既然不用付錢，就抱著喝免費酒的心態，拿起裝著南瓜色液體的杯子一飲而盡。很醇厚。香味濃郁，後味微苦，喝起來十分特別，分不出是干邑白蘭地、啤酒，還是威士忌。跟常見的難喝啤酒完全不同，用洋酒調成比例絕佳的炸彈酒，或許就會是這種奇妙的滋味。

岷植二話不說，再度伸手拿起裝有南瓜色液體的杯子一乾而盡。喔！這杯的味道更豐富了，神奇的是苦中還帶點爽口。接著他拿起裝著黃色液體，表面有許多泡泡的杯子喝下，這杯讓他想起以前喝過的豪格登啤酒。要說有什麼不同，那就是味道比豪格登更濃郁，口感雖有些澀，但非常合他的口味。岷植拿起最後一杯黑啤酒，聞了聞之後便喝下肚。奇怪，怎麼會這麼香醇？他完全分不出來自己喝的究竟是啤酒，還是摻了麻油的黑豆汁。

「怎麼會有這種啤酒？」

「很棒吧？」

「我們先不談味道，你再去倒杯有泡沫的啤酒來。」

「你要哪一種？」

「顏色最深的那種。」

基龍拿著那塊木板離開，稍後又拿著裝滿啤酒的兩個高杯子回來。岷植跟基龍乾杯後一口喝下。口感微苦又帶點清爽，比用三十年百齡壇威士忌做成的炸彈酒更好喝。眞是厲害。本來嫌啤酒太淡，喝多了又會太飽，所以已經好長一段時間不喝啤酒……這麼神奇的啤酒究竟是從哪來的？

「這種叫愛爾啤酒*，是歐洲人在喝的。」

「愛爾啤酒？那我們喝的客思*是什麼啤酒？」

「那款叫拉格啤酒#，啤酒瓶上不是有寫嗎？」

「什麼？寫在客思旁邊那個是拉格喔？不是立各嗎？」

「唉唷……我英文已經很差了，沒想到你更誇張。」

「我是在開玩笑啦！你以爲我不知道喔？」

「拜託你別鬧了！反正我們跟美國都比較常喝這種拉格啤酒，歐洲人則是偏好愛爾啤酒。幾年前經理團路跟梨泰院一帶流行過愛爾啤酒，最近一些文青潮人都只喝這種。」

「感覺大叔應該也會喜歡吧？很合我胃口，味道濃郁，聞起來又像干邑白蘭地……喂，那些高級酒店應該也會很流行這個。」

「唉唷，幹麼去管酒店啦！要賣到酒店就得看那些仲介的臉色，還得給他們分紅，很麻煩耶。我們還是賺點輕鬆錢吧。」

「臭小子，做生意本來就是搶別人的錢，哪有什麼賺點輕鬆錢這種事？」

「我的意思是降低風險。簡單來說，就是愛爾啤酒的市場越來越大了，而且最近修法了，一般人也能開小型釀酒廠自行製造這種愛爾啤酒。」

「眞的嗎？」

「只要準備個兩到三億韓元，就能在京畿道周邊找個水質好的地方開釀酒廠，像加平或清平這類的地方。你覺得我們在那種地方釀酒來賣怎麼樣？哥，你上次不是說想簡單開間小酒館嗎？不要只開酒館，乾脆當釀酒廠老闆吧。釀這種超好喝的啤酒，酒館就會向你進貨，這樣不就賺飽了？」

「所以小型釀酒廠也能釀這種啤酒？」

「對啊。」

「誰來釀？」

這時，留著一頭長髮，身上帶著點油炸味的調酒師，端著一盤炸雞翅和薯條走了過來。基龍像在介紹新商品一樣，把調酒師介紹給岷植。調酒師向岷植問好，並主動拉椅子坐下。

＊ Ale，採「頂層常溫發酵」的啤酒。發酵時酵母主要在麥汁的頂層活動，較易有水果風味。

※ Cass 啤酒，為韓國常見的啤酒品牌。

Lager，指採「底層低溫發酵」製作的啤酒。發酵時酵母主要在麥汁的底層活動，口感較為清新，能品嘗到啤酒花和麥芽等原料風味。

「他的姊夫是 Brew Master，Brew 就是啤酒，Master 是……嗯，就 Master 啦，反正就是……類似啤酒的廚師這種角色。他來自波特蘭，叫史提夫，現在在坡州經營小型釀酒廠。」

岷植來回看著基龍跟調酒師，調酒師很親切地接著說下去。據他所說，史提夫住在美國最潮的城市波特蘭，釀造這種最潮的啤酒，在那裡認識隻身去留學的調酒師姊姊，兩人便開始交往。四年前來過一次韓國，喝到韓國的啤酒後，覺得如果能在韓國推出好的精釀手工啤酒，應該會很受歡迎，於是兩人在兩年前結婚並一起搬回韓國居住，現在在坡州開小型釀酒廠，並且開始對外販售。史提夫跟姊姊負責經營釀酒廠，調酒師透過這間店以及其他幾間酒館，努力推廣姊夫的精釀啤酒。

「但愛爾啤酒不是歐洲在喝的嗎？怎麼是美國人來釀？」

「唉唷，哥，現在是全球化的時代啊，而且歐洲開始流行什麼，美國就會接受，然後再把這項事業發揚光大，你不知道嗎？總之，他姊夫的釀酒廠現在經營得很好，想要擴建，再找一個老闆來，也就是想找合夥人，我跟你可以一起加入。」

「嗯……的確是有道理……釀酒廠老闆……好久沒被人介紹這種正經工作，感覺有點奇怪……不過既然經營得這麼好，應該會有很多投資人吧？爲什麼會把機會讓給你跟我?」

「哥，你眞的很計較耶。」

「不是啦，上次在投資太陽能的時候，你不是跟我說過嗎?人家都已經撈完了，我幹麼還在那邊幫別人擦屁股。」

「唉唷，能拿到這個機會，當然是因爲我基Dragon啊。史提夫超怕生，但我還是拚命用韓式英文逗他開心，也想辦法讓他知道我很値得信賴。後來史提夫才說：『韓國人很難搞，但基Dragon很好相處。有値得相信的夥伴，創業成功率才高，如果是基Dragon的話應該能信任。』」

基龍嘗試用眼神取得調酒師的支持，調酒師則是邊豎起大拇指邊說自己的姊夫眞的很愛挑剔，但不知爲何很喜歡基龍哥。岷植知道基龍很搞笑，但沒想到他竟然能搞定美國人，得到這種好機會。同時，岷植也隱隱覺得，這機會實在來得有些古怪，畢竟美國也不是沒有詐騙犯。

看岷植無法消除心中的疑慮，調酒師便又拿了其他東西來。那是罐沒有印任何圖案的五百毫升啤酒。調酒師將裡面的啤酒分成三杯，並將其中一杯遞給岷植，岷植喝了之後又再一次感嘆。

「他還有推出罐裝版的，也就是因爲這樣才想擴建。」

瞬間，岷植開始瘋狂點頭。

「哥，之後史提夫家的啤酒會在便利商店或超市販售。現在便利商店也已經能買到其他釀酒廠的啤酒，所以我們的動作要快。我們的啤酒最好喝，接著只要靠你的手腕推銷出去就行了。」

岷植喝了口啤酒後陷入沉思。甜甜的麥芽與苦澀的啤酒花在他嘴裡擴散開來，這種滋味他嘗過，幾乎與成功的美味一模一樣。而基龍接下來的這番話，更是對岷植的決定起了關鍵作用。

「你知道今年夏天日本啤酒被全面抵制吧？聽說你媽媽也在經營便利店？你去店裡看看吧。四罐一萬韓元的品項裡都沒有朝日、麒麟、札幌啤酒，全國抵制日本商品對我們來說就是絕佳的好機會。你想想，沒了日本啤酒之後，這個缺口該由誰補上？客思？海特？不，當然應該要讓史提夫啤酒搶占這個市場啊。」

「抵制喔……會持續很久嗎？」

岷植反問，期待能將自己的疑惑一掃而空。基龍則不耐煩地一口喝乾面前的酒，然後大力敲了敲桌子。

「哥，你把韓國人當什麼了？你不知道最近到處都在吵，就算搞不了獨立運動，也一定要想辦法抵制日貨嗎？我們可是大韓民國耶！大—韓—民—國！這是戰爭，是貿易戰！你不知道棒球跟足球的韓日大戰嗎？好多人說輸了要去跳海的那個！現在日本啤酒在韓國是澈底完蛋了啦！哥，我眞沒想到你這麼不愛國耶。」

「喂，這跟愛國有什麼關係？我也有抵制好不好，我很久沒抽七星啦。」

「所以你到底是要不要做啦？我是看你最近很慘，才幫你找個東山再起的機會，你考慮太久可不好喔。你不知道我這個人很嚴謹嗎？你之前說那些有點搞頭的東西，我不是都反對嗎？現在你沒看到我很推薦這個嗎？喂，你姜岷植不是向來天不怕地不怕嗎？我還眞的沒看過你這麼膽小的樣子耶。」

岷植只是看著手上的酒杯，沒有立刻回答。調酒師再度起身，又裝滿三杯酒回來。岷植拿起杯子喝了一口，品味南瓜色液體帶來的幸福滋味。他放下杯子，拍了基龍的後腦杓一下。基龍因爲突然被打了一下而皺起眉頭，岷植則愼重地看著他說：

「小子，你別這樣懷疑我。我要投多少？」

岷植叫酒後代駕送他返回青坡洞的家，下車後本想直接回家，但又有些遲疑。這節骨眼回頭去找媽媽有些丟臉，更重要的是他得想出辦法說服她。可是媽媽又不喝酒，當然不可能跟她說有種叫愛爾啤酒的新產品，要她試喝看看。突然間，岷植靈光一現，立刻掉頭前往某個地方。

便利商店，媽媽的便利商店，用來開店的那份遺產，有一部分是屬於他的。基龍說便利商店已經可以買到罐裝愛爾啤酒了，那從媽媽的便利商店拿來的愛爾啤酒，應該能讓她更確信這項事業的可行性吧？

晚上十一點多，店內冷冷清清沒客人。岷植發現入口處還放著早已過季的聖誕樹，寂寞地在那閃著燈。他有些不悅地拉開門走進店內。

「歡迎光臨。」

不理會中年男子低沉的嗓音，岷植逕自走向陳列啤酒的冰箱。進來後他才發現，工讀生好像換人了。從一個圓滾滾的男人，換成一個方方正正的男人。然後他才想起，兩個月前媽媽好像曾經拜託過他幫忙顧店，直到找到新的夜班人員爲止。這提議有夠沒道理。岷植想起自己當時非常生氣，他可是要做大事的人，媽媽竟要他去便利商店代班？但現在他覺得早知道當時就答應她，至少這樣能有立場要求多分一點便利店的持股。不過他可不能讓自己像這些被社會推到邊緣、只能在便利商店上夜班、外表看起來又方又圓的大叔一樣。岷植已經四十歲，很快就不能再歸爲年輕人那一邊了，可是一旦脫隊，就會追不上這個世界了。所以，不管是釀酒廠老闆還是酒館老闆，他都得要盡快讓自己當上老闆，才能開啓人生的第二春。

站在陳列啤酒的冰箱前，岷植猶豫著不知該買什麼好。原本擺放日本啤酒的位置，如今放上了不知名的啤酒。基龍口中那些韓國小型釀酒廠釀製的啤酒，實在是不好找。他打開冰箱門，睜大眼睛仔細端詳一整排的啤酒，最後終於找到兩罐印有極小韓文字商標的啤酒——「啤酒山脈—小白山」和「啤酒山脈—太白山」的酒瓶上，分別印有「愛爾淡啤酒」和「金黃愛爾啤酒」。岷植各拿了一罐小白山和太白山，還順手拿了一罐青島啤酒當作比較的標準。

走近櫃檯，他才發現那名方正男子眞的有夠高大。既像熊，又像狩獵熊的原始人，岷植驚訝地看著他。也對，就是要有這種人來負責大夜班，晚上才不需要擔心遭小偷。岷植看著這個像原始人的男子慢吞吞掃條碼結帳的模樣，忍不住笑了出來。

「這款啤酒在韓國賣得好嗎？」

岷植拿起小白山的罐子給他看。

「……沒特別好。」

「你有喝過嗎？味道怎麼樣？」

男子結完帳後抬起頭看著岷植。

「我……不喝酒……不知道。」

唉唷，明明一副啤酒桶的模樣，竟然不喝酒……沒想到自己竟然錯看了眼前這個人，岷植覺得有些可笑。

「是喔？我是看你像會喝酒的樣子所以才問你，好吧。」

「一萬四千……韓元。」

「奇怪，不是四罐一萬嗎？」

「這個，韓國產的……沒有在……活動中。」

「什麼？那放進四罐一萬的促銷裡，應該會賣得更好囉？」

「嗯……這我也不知道。」

「也對，你看起來也不像是會知道這種事的樣子，好啦，先幫我裝起來吧。」

男子只是靜靜看著岷植，沒有任何動作。怎麼回事？是因爲我看不起他，所以覺得不高興嗎？一個打工仔有什麼資格生氣？

兩人互看了好一段時間，方正男子仍然一動也不動，這讓岷植感到有些疑惑。

男子方正又銳利的下巴線條和犀利的目光，使得岷植緊張起來，但他決定自己在氣勢上不能輸。

「幹麼？快點幫我裝起來啊！」

「你要先付錢。」

「喔，錢啊，我是老闆的兒子，你就先幫我記帳吧。」

這時岷植才想到，他沒有說自己是老闆的兒子。但就算揭露了自己的身分，男子依然文風不動地站在原地。唉唷，難道這就是所謂的年紀大了，腦子不好使嗎？

「幹麼？還不快點動作？」

這時就必須靠大聲說話來挫挫對方的銳氣，只是男子仍然動也不動。

「我是這間店老闆的兒子！你是沒聽懂喔？」

「證明……一下。」

「什麼？」

「你要證明一下，你是老闆的……兒子。」

「你講這什麼話？」

「學你的。」

「喂，臭小子，你是沒見過老闆長什麼樣子嗎？她跟我長得很像。看看我的眼睛、鼻子、嘴巴，不像嗎？」

「不……像，一點也……不像。」

男子以慢吞吞又帶點挖苦的語氣拒絕配合，使得岷植慌張了起來。對方的身高甚至高出岷植好大一截，凶狠的眼神也讓他備感威脅。岷植處在這意料之外的尷尬場面，只覺得荒唐無比，他心裡冒起一股怒火，決定要給這傢伙一點顏色瞧瞧。

「王八蛋！炒了你就能證明我是老闆兒子了吧？等我去跟我媽說……不對，這間店其實是我的！你知道嗎？我馬上可以要你走路，聽懂沒？」

「你不能……炒了我。」

「神經病，你說什麼？」

「炒了我……那誰來……上大夜班？」

「要找工作的人這麼多，再找就好啦，你都要被炒了，還擔心那麼多幹麼？」

「你沒辦法……炒了我。找不到……大夜班。你又不可能來上大夜班……老闆現在……也生病了。」

「你說什麼？」

「真的……老闆說的。她有一個兒子……媽媽生病了……他也不管。」

「我媽眞的這樣說嗎?可惡。」
「你眞的……不知道吧?老闆已經連續好幾天……去醫院了。」
「什麼?」
「你媽媽已經連續好幾天……不舒服了。你沒去照顧生病的媽媽……還炒了我,那大夜班……怎麼辦?又要……叫媽媽來顧?你如果還有人性……能這樣嗎?」

砰,有什麼東西狠狠砸在岷植心上。那種感覺伴隨著痛苦貫穿他的五臟六腑,將他整個人不斷拖入地底。岷植不知道媽媽生病,也不知道原來媽媽是這樣跟外人描述自己。男子像在宣讀法院判決般斷斷續續說出的實話,讓岷植更感到沉重,彷彿整個人被拖入深海。

「如果你是她兒子……就不能……這樣。」
「呃……呃呃……」
「總之你不能證明你是老闆的兒子……就不能給你啤酒和塑膠袋。」

男子的一字一句,都像在對岷植那張脹紅的臉揮拳。

「媽的!我不要了!」

岷植像在對不屑的人吐口水一樣,對男子怒吼完後便奪門而出。他逃跑不是因爲害怕這名塊頭比自己大的男子，而是覺得慚愧。

岷植一口氣奔回母親住的公寓，按下大門密碼後，進入屋內。黑漆漆的室內唯一有光亮的地方，是正在播放歌謠節目的電視螢幕。即便電視中的歌謠吵鬧喧囂，母親卻絲毫不受影響地蜷縮在沙發上睡熟了。

岷植鬆了口氣，打開客廳的燈並把母親叫醒。他搖了搖母親的肩膀，母親睜開惺忪的睡眼看著他，然後吃力地撐起身來。

「怎麼了？」

「聽說妳生病了，所以我才跑回來。」

「……比起生病，我更擔心你。你到底跑哪去了？怎麼現在才回來？」

「唉唷，才一見面又開始唸……我在朋友家啦。但妳是哪裡不舒服？」

「就感冒全身痠痛啊。」

「拜託，我不是叫妳去打流感疫苗嗎？老人可以去衛生所免費打啊。」

「哼。」

廉女士沒有再回岷植的話，逕自走向廚房拿水壺煮起麥茶。岷植想緩和氣氛，便在母親的身邊打轉。

「唉，家裡怎麼這麼冷？就是這樣才會感冒啦，暖氣開強一點啊。」

「沒關係，你回來就比較不冷了，看來你還是有人的溫度。」

「妳怎麼這樣講我？老師講話還這麼毒，學生要怎麼學好？」

「要喝麥茶嗎？」

「好。」

岷植坐到餐桌邊，脫下了襪子。廉女士端著兩杯剛煮好的麥茶來，看看若無其事脫著襪子的兒子，嘖了幾聲之後便坐了下來。兩人靜靜喝著麥茶，感受接近午夜時分的寂靜。岷植非常尷尬，不知該從哪裡開始說起。或許應該要從便利店帶點愛爾啤酒回來，再開始跟她解釋這個事業？都怪那個長得像土匪的傢伙太固執，破壞了他的如意算盤。不知那傢伙是從哪裡殺出來的程咬金，總之非常惹人厭，一想到他就覺得怒火中燒。

「你怎麼那個表情？」

廉女士看著憤怒的岷植。

「媽，我剛才去了一趟便利店，櫃檯那個長得像土匪的傢伙是誰？」

「獨孤？他是大夜班的員工。」

「那傢伙眞的很怪……不恭敬又很自以爲是。」

「便利店員工又不是百貨公司的職員，哪有什麼恭不恭敬的問題？」

「他接待客人的態度就是不對。我本來沒打算說我是老闆的兒子，結帳時要他先記在帳上，讓我直接把東西帶回家，沒想到他堅持要確認我是不是妳兒子。」

廉女士噗哧一聲笑了出來，這反倒讓岷植更氣，憤怒地大口喝起眼前的麥茶。

「獨孤都會確認，這點他做得很到位。」

「那有什麼用？他堅持要確認我的身分，眞的太讓我傷心了。媽，妳能不能開除他？」

「開除他？」

「嗯，我不喜歡他，他肯定會惹事。今天還好是我，所以才忍下來，要是遇到酒醉的客人怎麼辦？肯定會惹出大事，搞不好還要賠錢咧。」

「大家都知道他很擅長應付酒醉的客人，早上面對社區的老太太也很有禮貌，他來店裡之後，營收增加了喔。」

「這麼小一間便利店，營收又能增加多少啦？我不是因爲妳不開除他才這樣說的，但我想建議妳乾脆把店賣掉。」

「不行。」

「爲什麼？」

「我要是把店收起來，吳女士跟獨孤不就沒工作了嗎？他們兩個都是靠這份工作維生的。」

「拜託，媽，妳是耶穌喔？上教會就要這樣照顧街坊鄰居嗎？」

「不是因爲我信耶穌，是因爲這是這世界的道理。我是老闆，就應該要照顧員工生計。」

「開一間小小的便利店，哪能算什麼老闆？」

「兒子啊，你知道嗎？就是因爲這樣，所以你才沒辦法當老闆，只能做一些亂七八糟的事情。」

「又開始說教了……總之，先不說把店賣掉的事，妳快開除那傢伙啦。」

「不行。」

「爲什麼？」

「大夜班員工很難找，你願意去上班再說。」

「媽，妳怎麼老是叫我去做那種小事？妳喜歡看我在便利店打工嗎？」

「職業哪有分貴賤？現在的最低時薪漲了，堅持做大夜班的話，月薪還能超過兩百萬韓元呢。」

「唉唷，不跟妳說了啦，算了。」

岷植將杯子裡的麥茶喝完。不知是不是因爲這段對話沒有結果，他總感覺心裡一股怒火無法平息。這樣是要再離家出走嗎？他倏地站起身。不僅無法把店賣掉籌措資金，甚至還得聽媽說教，他實在不喜歡這種打了敗仗夾著尾巴逃跑的感覺。岷植決定喝杯冰水冷靜一下，然後再重新跟媽提一次這件事，於是他跑去開冰箱。

哎唷？開冰箱想拿冰水的岷植，竟看見他深信絕對不會出現在媽媽家中的東西，那就是岷植剛才想從便利店帶回來，用以吸引媽媽投資的啤酒。

他拿著「啤酒山脈—小白山」的罐子回到餐桌邊。媽媽雖然被他的舉動嚇到，但也很快恢復平靜。岷植打開罐子，將啤酒倒入原本裝麥茶的杯子裡，濃濃的愛爾啤酒香挑逗他的鼻尖。他心想，一定要把握這個絕佳的機會，好好在媽媽面前表現一下。

岷植爽快地乾了一杯，哈啊，雖然比不上稍早史提夫釀的那些啤酒，但濃郁的風味確實與市面上的啤酒很不一樣。

「啊，眞好喝，妳居然買了這種啤酒回家。」

「總公司推薦的，說是新商品……我試喝過一次，覺得還不錯。」

「所以妳喝過啤酒囉？媽，妳可以喝啤酒嗎？」

「你不要到處亂講，我是因爲工作才喝的，總要知道商品是什麼樣子才能賣啊。」

「拜託，那香菸也要抽過才能賣嗎？妳不要亂找藉口喔，嘿嘿。」

聽岷植這麼一說，廉女士忍不住皺起眉頭，把剩下的麥茶喝完後放下杯子。

「廢話少說，幫我倒一點吧。」

讚啦！岷植歡呼了一聲，幫廉女士倒了滿滿一杯啤酒。

接下來一個小時，岷植就與媽媽一起，把冰箱裡的四罐愛爾啤酒全部喝光。這是他這輩子第一次跟媽媽面對面喝酒。媽媽喝酒這件事讓他感到陌生，兩人能持續對話也讓他感到很新奇。因爲過去幾年來，兩人的對話總是岷植向媽媽要求什麼，然後媽媽拒絕，導致他們的對話完全無法延續。不過現在岷植跟媽媽都喝了一定程度的酒，兩人得以盡情談天說地。他們一下傻笑著回憶固執的老爸，一下又忙著模仿討人厭的姊姊和姊夫，岷植也聽媽媽聊了一下教友們的近況，還沒頭沒腦地講起最近鄰居因爲樓層噪音問題而報警的事。媽媽像是已經期待這個機會很久，話匣子大開，不停跟兒子分享身邊的事。岷植也因爲能聽到媽媽對周遭人事物的觀點，而覺得非常新鮮。他們兩個對爸爸、姊姊還有姊夫的看法完全一致，但對教會跟鄰居的觀點卻有很大的不同。

媽媽聊起岷植就讀教會學校時認識的女同學，說她最近剛剛離婚，又重新開始上教會。她強調那個女生跟岷植一樣，結婚兩年沒有小孩就離婚了，還要岷植這次一起去教會跟她打個招呼。岷植則是很明白地拒絕了，也說不會跟那個同學見面，結果媽媽又一口把酒喝光，接著說：

「你知道爲什麼我之前都不喝酒嗎？」

「因爲妳上教會啊。」

「你以爲我眞那麼老古板嗎？耶穌第一次施展的神蹟，就是宴會上的葡萄酒不夠，於是他就把清水變成葡萄酒。喝酒不是問題，喝了酒犯錯才是問題。」

「對啊，但是喝酒就會犯錯，不管怎樣都無法避免。」

「我就不會，我很會喝。結婚前有男老師拚命想灌我酒，但我都不太會醉，只是因為酒太難喝所以我不愛喝。燒酒很苦，啤酒又淡又澀，葡萄酒太甜……不過這款啤酒很棒，又香又苦又醇，很不錯。」

廉女士一邊說，一邊大口吃用來配酒的海苔。瞬間，岷植的眼睛亮了起來。就是現在！這就是可以吸引媽媽的絕佳機會！他的直覺告訴自己就是現在，可以跟媽提起投資釀酒廠的事情了。媽很喜歡這款啤酒，而且她雖說自己沒醉，但其實她已有一定程度的醉意了。這時再勸她多喝一杯，再稍微慫恿一下，說不定媽媽就會同意岷植的計畫，決定把店賣掉並拿錢投資釀酒廠。

只可惜酒喝完了。岷植看著壓扁的罐子，決定要跑一趟便利商店。他拿起手機走到媽身邊坐了下來。

岷植踏著堅定的步伐來到便利店，直奔飲品區拿了四罐愛爾啤酒到櫃檯結帳，卻沒看到那個叫獨孤還是度估的大夜班人員。這傢伙又跑哪去了？眞的是有夠不方便耶。岷植從櫃檯拿出塑膠袋把啤酒裝起來，這時，有個人抱著一堆高到遮住臉的泡麵從倉庫走出來。岷植假裝不耐煩地轉過頭去看他，獨孤也感覺到有人在旁邊，便把泡麵放在窗邊的桌上，立刻朝著岷植走去。岷植拿出手機，把裡頭的照片拿給那個一臉把自己當詐騙犯的傢伙看。

「這樣可以證明了吧？」

這是五分鐘前他跟媽媽一起拍的照片。已經有點醉意的媽媽靠著岷植的頭比出手指愛心，那傢伙則看著這張照片拚命點頭。就在岷植露出滿意的微笑準備離開店裡時，突然停住腳步回頭問：

「這個今天賣了多少？」

「今天……是第一天賣。我想叫老闆……不要再……訂了。」

「亂講！你沒喝過所以不知道！老闆說好喝，還要我多買一點回去呢。」

「做生意……不是要賣我覺得……好的東西。是要賣別人……覺得好的東西。」

「別人也很喜歡啊。」

「銷售數字……不會說謊。」

「哼，走著瞧。」

岷植用鼻子哼了一聲，便大力推開店門離去。

回到家一看，發現媽媽趴在餐桌邊睡著了。媽媽的臉微微泛紅，還小小聲打著呼。岷植站在熟睡的媽媽身旁，靜靜觀察這名白髮已經多過黑髮的嬌小女子。接著他抱起媽媽回到臥室，媽媽的身體很輕，但兒子的心卻很沉重。

岷植抱媽媽回床上之後，又回到餐桌邊幫自己倒了杯啤酒。這是他想自行釀造、販售的啤酒，也是跟媽媽第一次一起喝的酒，更是能讓他東山再起的黃金。他咕嘟咕嘟大口喝著，讓所有想法跟悔恨都隨著啤酒一起下肚。

這是個很棒的夜晚。跟媽媽乾杯、聊天，還一起拍了照，感受睽違已久的家庭溫暖，這樣就夠了。便利商店的處分跟投資，就等明天再說吧。既然媽媽也喜歡這種啤酒，那就有機會。媽媽擔心的吳女士，還有那個忘了叫獨孤還是度估的傢伙，他們就自己看著辦吧。吳女士只要稍微恐嚇一下就會讓步；雖然還不太清楚獨孤或度估是怎樣的人，但是稍微調查一下，就能知道了。最重要的是，那傢伙竟然說銷售數字不會騙人，還完全不看好愛爾啤酒，實在不能不處理他。要是他跟媽講些什麼跟進貨有關的事情，岷植就會更難說服媽媽，所以動作必須加快。

岷植決定仔細來調查這傢伙。雖然問過媽媽是怎麼找到這傢伙的，但媽媽只是笑而不答，岷植也因此更不放心。這可疑的傢伙肯定會成爲絆腳石，一定要除掉。

想除掉他就必須先做好調查，只要挖出他幹過什麼不光采的事，重視倫理道德的媽媽，肯定會叫他走路。岷植決定天一亮就立刻聯絡在龍山工作時認識、私下有點交情的徵信社郭先生。

岷植一邊清空剩下的啤酒，一邊思考媽媽的事，他覺得自己應該可以搬回來跟媽媽住。他拿出手機，把剛才跟媽媽拍的照片設爲螢幕背景畫面。

母子生澀地比著手指愛心，看起來非常可愛。

雖是報廢食品，但還可以吃

「這樣還不如到便利店打工比較好。」

離開便利商店後，跟在目標身後往首爾車站方向前進的老郭自言自語說道。

跟監目標穿著白色夾克埋頭向前走，就像冰河消融後無處可去的北極熊。老郭也覺得自己有如在北極風雪中失去視力，徬徨無助的老愛斯基摩人。已經跟蹤目標三天了，投資了大把時間，卻毫無成果。要在這麼冷的天氣，尾隨一個一直在街上走來走去的傢伙，還不如領最低時薪八千五百九十韓元，窩在溫暖的便利店裡比較好。

老郭再次後悔起來，覺得自己眞是不應該接受姜的提議，並不耐煩地微微拉起口罩再放開。KF94 等級的口罩戴起來眞的有夠悶，就連沙塵暴來襲時他都不願意戴。

他覺得實在很不可思議，這個世界到底是想怎樣，現在竟然要大家戴著這玩意兒出門。老邁的他嘆了口氣，但就連那口氣都被口罩悶住，濃厚的氣味瀰漫在他的鼻腔之中。老郭彷彿重新堅定決心，拉好自己的圍巾，再次回想跟姜的約定：

「查出目標的眞實身分和可恥的過去，就能拿到兩百萬韓元的報酬。」姜說。目標某天突然冒出來，阻礙他母親賣掉便利店，也變成他創建新事業的絆腳石，因此需要老郭盡快協助處理。老郭向姜要求一百萬韓元訂金卻遭到拒絕，經過協商之後，決定先拿十分之一，也就是二十萬韓元當訂金。姜立刻到提款機去，以信用卡借款二十萬韓元交給老郭。

「動作快，要是我失去耐心，就完全不會管他到底是誰，直接叫我那群小弟想辦法把他弄走。」

話說的這麼狂妄，卻跑來僱用自己做這種事，姜應該不會眞的找得到人趕走他。老郭觀察姜很長一段時間了，已經能很熟稔地在姜面前配合他的虛張聲勢，回頭再在背後嘲笑他。其實這麼做很傷自尊，但每當姜虛張聲勢的時候都會有點好處能撈，所以老郭才願意這麼做。反正成天遊手好閒也沒什麼意思，老郭也得多少賺點資金才行。這些錢既不是要用來搞獨立運動，也不是什麼犯罪資金，而是爲老年生活做點準備。要到過了花甲之年，老郭才想到要爲自己的老年生活做準備。如今已成獨居老人的他，未來的生活沒有任何依靠，必須從現在開始籌措老年生活的資本。

姜提供的資訊就只有目標在便利店上大夜班，以及他的名字叫做「獨孤」而已。居然叫獨孤……媽的，聽起來就像在嘲笑他是個獨居老人，老郭心中燃起一把鬱悶之火。總之，他的工作就是先查出獨孤到底是姓還是名。本以爲跟在這種像熊一樣的傢伙身後探查底細，對三十年來靠這份工作混飯吃的他根本是易如反掌。沒想到目標就只是一直到處走，離開便利店後，他會經過首爾車站西站往萬里洞嶺走去，然後再經過兒嶺和忠正路，回到東子洞的蟻居房。有時候會往厚岩洞方向繞過龍山，到解放村和普光洞繞一圈，接著到二村洞和龍山車站看一看，最後回到東子洞的蟻居村……總之，就是以首爾車站和南山爲中心，拚命走個不停，簡直就像廣告裡那個強調電池續航力的人偶一樣。現在因爲有可怕的傳染病必須時時戴著口罩，讓老郭覺得簡直喘不過氣，再加上這種不是散步的散步，更是讓他累到不行。所以過去這三天，他都只能跟半天然後就放棄，返回位在元曉路的套房裡。

不能再拖下去了。吃了頓豐盛的早餐後，老郭下定決心今天一定要跟到最後。他用老人特有的駝背姿勢，以跟目標保持中間隔著兩個行人的距離慢慢尾隨。都已經追到第四天了，目標仍像個傻子一樣四處閒晃，完全沒有察覺老郭的存在。這點也讓老郭感到十分無力。就在他嘆著氣，心想今天可能也是白費力氣時，目標突然轉向走進首爾車站。老郭加快腳步縮短距離，跟著目標搭上電扶梯。

一進到首爾車站，老郭便立刻東張西望尋找穿白色夾克的男子。偏偏今天人潮卻特別擁擠，車站內滿是穿著厚夾克與大衣的男男女女，即便目標身型壯碩，也很難一眼找到。漫無目的四處徘徊的傢伙，會突然進到建築物內肯定有原因，也應該不會馬上離開，人肯定還在車站內。老郭在車站內四處走，到那傢伙可能會去的地方看看。他查看了連鎖快餐店和便利商店，也到公用電話區走了一圈，但是都沒發現目標。老郭心想，目標說不定是去買票要搭火車，於是往售票窗口走去。

這時，在車站中央的電視，插播了一則大邱地區爆發新冠肺炎群聚感染的快報。老郭不自覺停下腳步。新聞報導提到，短暫肆虐後以爲銷聲匿跡的新型傳染病，如今竟失控擴散，造成民眾搶購囤積口罩。聽到這裡，老郭突然擔心起來，想了想自己手邊還有多少口罩。老郭是免疫系統較差的糖尿病患者，聽到這種對老人和高風險疾病患者相當致命的新型傳染病消息，正在執行的任務就顯得沒那麼重要了。

專注看新聞快報好一段時間後，老郭突然在電視後方一群吵鬧的街友當中，找到穿著白色夾克的目標。找到了！老郭掏出自己的舊款手機，裝成打電話的樣子，偷偷拍下跟街友們一起開心聊天的目標。舊款手機拍照沒有「咔擦」聲，老郭靜靜拍下目標的照片，將證明對方眞實身分的證據之一傳給姜。這也讓老郭大受鼓舞，因爲他的假設得到了印證：由於目標不太離開首爾車站一帶，總在附近徘徊的行爲模式，所以老郭推測他過去很可能曾經是街友。

老郭慢慢走向窩在電視後方的目標與街友。他偷看了一下，發現這群街友一邊吃著便利商店的便當一邊跟目標聊天。老郭雖然覺得像是來到乞丐窩，但這幅情景不知爲何很有人情味，令他看得出神。就在這時，目標起身，重新穿好白色夾克，並向街友們揮了揮手後離開，似乎是要往首爾車站廣場方向前進。他彎著腰靠近那群街友，接著一屁股坐了下來。原本將注意力重新放回便當上的街友們，一見老郭靠近便警戒了起來。老郭露出過去當刑警時盤問線人的神情，還亮一下假的警察證件。

「別多話，回答我的問題，知道嗎？」

老郭忍受著露宿者身上濃重到口罩都擋不住的惡臭出言威脅，一群街友用不知是害怕還是茫然的表情望著他，同時不忘繼續動著手上的筷子扒飯。

「剛才那個穿白夾克的人是誰？是你們的朋友嗎？」

「不……不是朋友。」

第一位街友說。

「那他是誰？」

「……是……同事。」

第二位街友說。

「他現在不是街友吧？以前是街友嗎？」

「不知道，他只是會來……給我們飯吃。」

第三位街友說。

「你們不認識他？那他爲什麼請你們吃飯？」

「眞是壞人。」

第三位街友說。

「什麼？你說請你們吃飯的是壞人？」

「不……我說你……」

第二位街友說。

「你這傢伙，看不起我是吧？混帳東西！」

老郭低聲威嚇，第二位街友立刻縮了一下。

「便當……眞好吃。」

第一位街友用筷子扒了一口飯。媽的，跟他們對話眞是浪費力氣，動作得加快了。老郭很快接受這次的失敗，並立刻起身，這時第三位街友舔了舔嘴巴，並動手開了一瓶東西。仔細一看，發現那不是燒酒而是飲料。接著第一位、第二位露宿者也跟著各開了一瓶飲料。再仔細看，原來他們喝的是玉米鬚茶。三名街友做了個乾杯的動作，就著瓶口開始喝起玉米鬚茶。雖然覺得奇怪，但老郭還是決定將這幅奇特的景象拋到腦後，趕緊追上目標。

快速穿越車站，站上往首爾車站廣場的手扶梯，老郭看見了正準備走進地下道的白夾克男。就在老郭跑下樓梯時，男子在自動售票機前買了車票，進入地鐵一號線，他也很快跟了上去。

目標搭上開往清涼里方向的一號線列車，站在車門邊凝視一片漆黑的窗外。老郭坐在對面的椅子上，盯著那傢伙並做好隨時都能下車的準備。冷清的車廂內，除了有一號線獨特的潮濕霉味之外，其他都還好，只不過溫熱暖氣吹得人昏昏欲睡。

多數乘客都戴著口罩，發出低沉的呼吸聲，沒戴口罩的人則低頭緊閉著嘴。人人戴著口罩的情景，讓老郭聯想到醫院的病房，忍不住嘆了口氣，但又因爲戴著口罩而躲不開自己嘴裡的氣味，更加懊惱。

列車在市政府站停靠時，一名五十多歲，穿著厚大衣且沒戴口罩的男子，邊講電話邊走進車廂。滿臉通紅的男子有著一顆大大的啤酒肚，他一屁股在老郭對面坐了下來，旁若無人地逕自講著電話。

「所以我就說在南陽州放五千萬，剩下的再分成小份放到橫城……不是啦，你這個人喔！聽清楚，南陽州放五千萬，然後去橫城，到我昨天傳給你那些地址去確認……對。那幾個東西很不錯……嗯嗯……」

大肚男子像頭大型犬在吠叫一般大聲講著電話，瞬間把地鐵車廂當成是自己的辦公室，甚至讓老郭都想知道，放去橫城的那東西到底是什麼。總之，就在車廂內所有人都對男子響亮的聲音面露不悅時，男子終於結束了通話。讓人意外的是，他很快再次按下按鍵，不知道又要打給誰。男子用鼻子發出奇怪的聲響，電話一接通，他又豪邁地放聲說話。

「喂？吳常務，怎麼樣？……嗯嗯……這週末要去打球是吧？大湖公園？哎呀，我們去新鄉村吧。我要去新鄉村是有原因的啦……對……總之春天再去大湖公園，春天再去啦。這次就去新鄉村，好嗎？……好，會請你吃飯，也會請你那個……嗯，呵呵……」

男子沒有停止對話，老郭也只能繼續綳緊神經忍受這噪音。這時，老郭把視線從男子身上轉向目標，沒想到目標竟也盯著那名男子的頭頂！

就在大肚男哈哈大笑並結束通話，又打算再撥下一通電話時，目標竟一屁股坐在大肚男旁邊的空位上。感覺到動靜的大肚男轉頭一看，發現目標那雙本來就很小的眼睛，瞇成細細的一條線狠瞪著他。

「所以……決定好要去哪了嗎？」

男子錯愕地睜大眼盯著目標。

「什、什麼？」

「是要去……大湖公園嗎？還是要去……新鄉村？」

目標這次一邊做出高爾夫揮桿的動作一邊質問男子。

「幹什麼？你是誰啊？問這個幹麼？」

男子大聲質問，好像目標問了什麼蠢問題一樣，口氣很不耐煩。

「你幹麼偷聽別人講話，又問這些無聊的問題？你神經病喔？」

「因爲你自己講給我聽啊。」

目標毫不猶豫地回答，讓男子頓時愣住，只能呆望著目標。瞬間，不僅是老郭，車廂內所有人都在關注他們，四周像是陷入眞空狀態一樣變得安靜無比。目標顴骨抽動，一邊盯著大肚男一邊說：

「你這週末……要去哪個高爾夫球場……我是沒興趣。但是你講得太大聲……我眞的不想知道。我……嗯……春天的大湖公園……更好。春天就去那裡吧。還有……對了，橫城那個要拆一半的地方……是哪裡？那裡平昌奧運時開了條路……聽說漲很多嘛？這些是你……剛才說的，對吧？」

目標像是在接受聽力測驗的學生一樣，斷斷續續地提問。大肚男的臉脹得通紅，握緊拳頭不知該如何是好。不知是不是因爲體型魁梧的目標一直逼近，讓大肚男備感壓力。面露尷尬的大肚男轉頭向四周請求協助，不過周圍的人跟老郭都用「你活該」的表情看著他。大肚男意識到沒人站在自己這邊，只能更加尷尬地發出幾聲類似抱怨的聲音。就在這時，列車即將停靠鐘路三街站的廣播響起。

「好久沒搭地鐵，居然碰上個瘋子！」

男子丟下一句話便起身往車門走去。就在這時，目標起身站到他旁邊。

「幹、幹麼？」

男子一臉厭煩地問。

「我也要……下車，路上跟我分享一下……橫城的土地。你害我很好奇……我好像會……睡不著。」

「天啊，眞的是……」

「嗯，眞的是……我們一起下車。」

「靠！我才不管你要不要下車！」

「但你爲什麼……不戴口罩？是因爲口臭……戴不住嗎？」

瞬間地鐵上的人都爆笑起來，笑聲穿透了口罩。男子羞愧地從大衣口袋裡掏出揉成一團的口罩戴上，並用哀怨的眼神環顧四周。

「媽的！對不起我吵到大家！這樣可以了吧？」

大肚男喊出這番話後，等車門一開便立刻衝出去，目標很快跟上，老郭也立刻起身朝車門走去。下了列車，老郭把人們竊笑聲遠遠拋在身後，緊盯著目標的背影慢慢尾隨。那名大聲講電話的大肚男就走在目標前面不遠處，他一回頭發現目標依然跟在身後，大驚失色拔腿逃跑的模樣，老郭都看得一清二楚。看見他那副德性，眞是有夠痛快。這個可惡的傢伙，在公共場所講話還那麼大聲，以爲大家都想知道他的私生活嗎？仗著自己有點年紀，塊頭又大，就這麼囂張，碰上比自己更厲害的傢伙，還不是嚇得夾著尾巴逃了！

大肚男一跨上往出口的樓梯，目標便不再繼續追著他，而是轉身往轉乘閘口走去，看來似乎是要轉乘三號線。老郭等目標通過後再次尾隨，並一邊整理到目前爲止的狀況。雖然大肚男說目標是瘋子，但在老郭看來目標很明事理，還有著現代人身上少見的正義感，對高爾夫球場似乎也有一定程度的了解，還對不動產有興趣。當然，高爾夫球場的資訊和對橫城土地的興趣，很可能都是爲了給大肚男難看而特地編出來的。不過老郭的直覺告訴他，目標的口氣和行爲，顯示他經常去高爾夫球場，對不動產投資也頗爲熟悉。雖然現在跟街友當朋友，又在便利店上大夜班，但以前可能有過一秒幾百萬上下的時期。而且三號線不是往江南的路線嗎……等目標到站下車後，就能更進一步揭開他的眞面目了。老郭繃緊了神經，跟著目標站在三號線月台上，等待往梧琴方向的列車進站。

目標最後在狎鷗亭站下車，從往現代高中方向的閘口出來後開始步行。尾隨在後的老郭，因爲一陣突如其來的冷風而抓緊自己的圍巾。要是生病感冒了，就不能完成剩下的任務了……就在老郭不自覺地抱怨時，目標像是聽見他的抱怨一樣停下了腳步。他抬起頭來望著一棟建築物，像在思考什麼似的動也不動，接著突然把頭轉向老郭。老郭迅速彎下腰假裝綁鞋帶，頭低低的偷眼觀察四周。目標朝著那棟建築走去，老郭也用眼角餘光捕捉到他那有如尾巴的白色夾克閃過。

老郭用小碎步跟上去，並在建築物前停下腳步。那是一棟簡潔的清水混凝土建築，五層樓高，是一間醫院，是專門幫助人們重新修整眼睛、鼻子、嘴巴與下巴的整形外科。老郭暗自竊喜，目標不可能是爲了整形而來。所以只要好好向醫院打聽，就能得知目標過去或現在的目的。老郭過去擔任刑警時培養的直覺冒了出來，讓他興奮得渾身顫抖。至少可以確定目標以前在這工作，或是要來找在這裡工作的某人，現在要做的事只剩下一件了。老郭在醫院前的連鎖咖啡廳窗邊找了個位置坐下，他開始發揮在刑警時期培養出的另一個技能——埋伏。

還沒來得及喝完一整杯熱美式咖啡，目標就離開了那棟建築。老郭都還沒能好好展現自己的埋伏技能，目標已面無表情地重新往地鐵站走去。老郭想了想，然後很快喝光剩下的咖啡。今天跟蹤任務到此結束，他離開咖啡廳，往目標停留了二十幾分鐘的整形外科走去。老郭想起自己年輕時常常無照駕駛，也想起那個明明沒駕照，卻老愛拿假駕照招搖撞騙的朋友。他們這麼做的原因很簡單，畢竟只要駕駛技術好，不出事，被抓的機會也很低。換言之，即便沒駕照，只要展現看似有駕照的實力和姿態，某種程度上就能騙過很多人。老郭一直以來都是這樣使用自己的假警察證件。雖然過去是因爲一些不光采的事，逼得他離開警界，但他骨子裡仍認爲自己是個警察。對這樣的他來說，要騙過整形外科櫃檯人員並不困難。

雖然比預期中還要更華麗整潔的大廳讓人有些緊張，老郭仍然鎭定地拿出警察證件給櫃檯人員看，並表示剛才那名男子是案件相關人，必須調查他的行蹤。但櫃檯人員卻只是一再面無表情地表示什麼都不知道。老郭嚴肅地對意外強硬的女員工強調，等逮捕令發下來可能還會再過來。對方聽了後，皺了皺眉說，只知道那個人是來見院長，其他什麼都不知道。正當老郭思考是否要去見院長時，恰巧看見一名穿著大衣，年紀大約五十歲左右的男子走了出來，還用很嚴厲的眼神打量自己。面前這名櫃檯員工見狀，立刻用像是跟老師告狀的態度，指著老郭跟那名男子說有警察找上門。老郭這才知道，原來他就是院長。頭很大、個子又高的院長走了過來，右臉的顴骨還微微抽動。院長俯視老郭的姿態，令老郭感到非常不快。院長很快示意老郭跟自己走，並轉身往院長室移動。很好，既然如此就好好打聽一番吧。老郭下定決心跟了上去。

老郭坐在接待桌前，環顧一塵不染的院長室，心裡突然緊張了起來。院長刻意讓老郭等了一下，直到員工送上飲料後才在老郭的對面坐下，一臉像是算計著什麼似的看著老郭。

「你說你是哪個單位的？」

「龍山署智慧犯罪組。」

老郭掏出證件給對方看，院長卻看都不看一眼，只顧著打電話。老郭不自覺吞了口口水。院長開始跟某人說話，說到一半又問了一次老郭的名字。哎呀，這不太對……真沒辦法，老郭只能複述一次假證件上的名字，同時感覺自己額頭開始狂冒冷汗。院長細長如蛇的眼睛盯著老郭，對電話那頭的人說出他的假名。

稍後，院長放下手機並露出微笑。

「他們說龍山署智慧犯罪組沒有這個人。」

「怎麼可能，你再去……」

「在搞智慧犯罪的人是你吧？」

院長整個人向後靠上椅背，從容地看著老郭。瞬間主導權被搶走，老郭變成被調查的對象。遇到一個不得了的對手，這下臉可丟大了，怎麼辦？面對斜眼看著自己，臉上寫著識相就快滾的院長，老郭好不容易才冷靜下來。他決定發揮只要到了這個年紀，每個人都會自然習得的厚臉皮技能。

「我以前是警察，因爲有急事所以才撒了個小謊，請您諒解。」

「我是不知道你有多急，但你這是謊稱警察還被拆穿。好，我就來聽聽你有多急。」

「剛才跟你見面的那個男人，他……是我姪子。他失蹤了好久，我一直在找他，好不容易才終於找到……因爲他都不告訴我這段時間發生什麼事，我很想查明眞相，才不得不出此下策。」

院長像是內建測謊機一樣，輕點著頭思考老郭的話。很快他又再度開口：

「來諮詢手術的患者，經常說詞反覆、前後不一，所以這房裡的一切都有錄音和錄影存證。也就是說，我手上有你謊稱是警察的證據。先生你就不要再說謊了，老實說出你的目的，這是最後的機會。」

老郭的眞實身分和謊言一曝光，院長講話就變得很不客氣，眞是個惡劣又固執的傢伙。老郭感覺自己就像即將被蛇捕食的青蛙，他很清楚盡快投降才是正解。於是他便將自己經營徵信社，受人委託要調查剛才那名男子的事情全盤托出。他深深一鞠躬，露出光禿禿的頭頂並開口向院長道歉。

不知道院長是否相信這個解釋，但表情確實變得比較和緩了。院長瞬間化身寬厚的法官，露出歉疚的表情對老郭說：

「現在還有徵信社啊？老先生，那你查出什麼了？」

「這……還沒查出什麼。只知道他跟首爾車站的街友有點交情，還有來過這間醫院。」

「眞是無能。那就沒用了……你得要對我有點用處，我才能放你一馬啊。」

雖然知道院長在恐嚇自己，但老郭也無法反抗。

「對了，現在目標在便利店工作。是位在青坡洞的一間便利店，他在那裡上大夜班，白天就在首爾車站跟龍山一帶四處徘徊。簡單來說，他就像具行屍走肉。」

「便利商店大夜班啊……哈哈哈哈哈哈哈。」

院長眞心笑了出來。老郭注意到，眼前這個臉皮跟言行都有如銅牆鐵壁的傢伙，是頭一回露出自己最眞實的模樣。老郭覺得要是能把握好機會，就能準確反擊並討回今天所受的汙辱。這時，原本在放聲大笑的院長突然停下來，看著老郭。

「便利商店是很好笑……但處理起來不怎麼方便。你們徵信社也能幫忙處理人嗎？」

「您說的處理是什麼……」

「看來是不行。那你就去查查看他住在哪裡吧，還有他主要出沒的地方、會獨處的地點，查出來我會給你謝禮。」

「您所謂的謝禮是指……」

「就是不問你的罪。」

「謝、謝謝。」

院長點點頭，並要老郭拿出他的手機。老郭交出自己的舊款手機，院長立刻掀開手機，撥打了某個號碼。稍後，書桌抽屜的某處傳來手機震動聲，院長拿出一支看似裝了非法門號的手機並看了看螢幕。

「三天內跟我聯絡，你要是消失那就不好辦了。如果敢給我搞消失，那等我處理完那傢伙，你可能也不會太好過。」

老郭抖著唇回答說好，然後趕忙起身道別院長。他想盡快離開這個地方。全然沒想到這地方是獅子的巢穴，他竟敢這樣不知天高地厚地闖進來，老郭被自己的愚蠢氣到不知如何是好。

朝門口走去時，院長一聲「等等」讓他停下腳步。老郭整理了一下表情轉身面向院長。

「委託你去查那傢伙身分的人是誰？」

「這……委託人的身分是商業機密……不方便說。」

老郭努力調整自己的呼吸，嘗試發揮職業道德，那可是他最後的自尊。院長再次放聲大笑，用滿是嘲諷的眼神看著老郭。

「雖然不知道委託人是誰，但如果他是希望那傢伙消失，那他的願望很快就會實現，叫他別擔心。你這下算是撿到便宜，過陣子他要是消失了，就去跟委託人說是你處理的，要委託人把尾款給你吧。」

離開醫院的老郭失魂落魄地在大街上遊蕩，再回過神來他發現自己已在東湖大橋邊。老郭走下階梯到橋下，刺骨寒風狠狠拍打他的臉，漢江的北岸到南岸現在看起來格外遙遠。老郭站在江邊凝視著江面，墨綠色江水就像無法倒轉的時間一樣緩緩向前流動。他突然想，隨著這江水流逝不知是什麼感覺，要跳進去嗎？這世界少了他一個人，也不會有什麼改變。剛才在醫院發生的那些事，就像電影預告一樣，讓他提前看到未來無能又沒用的自己，會受到怎樣的輕視與賤待。眞是太屈辱了。老郭從錢包裡掏出假證件，證件照片上的他仍是那個四十多歲、意氣風發的警察，可是如今他卻淪落爲扯著蹩腳謊言，打腫臉充胖子的騙子。

後來他把證件當成自己丟進漢江，才終於甘心離開江邊。

回到江北的老郭進入一間大型書店取暖，直到晚餐時間才出發前往約定地點。他到了樂園商街附近的烤肉店跟朋友老黃見面，席間他一言不發地喝著燒酒。老黃現在是做一休一的公寓保全，他也勸心情低落的老郭別再做什麼徵信社，乾脆一起來當保全人員。雖然偶爾遇到頤指氣使的住戶會很不高興，但沒什麼比這工作更適合養老。

老郭差點就要被說服了。

不過三瓶燒酒下肚後，醉醺醺的老黃便開始抱怨起保全這份工作，他苦澀的眞心話讓肉吃起來都變甜許多。

「媽的，我得趕快回去了，睡一下凌晨就要起來去上班了……最近酒都不太容易醒……媽的……我得早點睡……做一休一，老人眞的做不來。」

「累就休息啊。」

「……要全勤才能每個月有一百五十萬韓元的獎金啊……我要是賺不了錢，老婆會做飯給我吃嗎？年輕賺錢容易時她對我很好……現在這副德性，連家裡養的狗都比不上。乾脆像你一樣晚年離婚還比較輕鬆。」

「那我這樣一個人看起來很幸福嗎？」

「當。然。是。朋友啊。我們是爲了受這種待遇才變老的嗎？爲國家跟家庭奮鬥的是我們耶……爲什麼現在要這樣被冷落？孩子一通問候的電話也沒有，社會還把我們當廢物！」

「沒有這種事啦。」

「喂，你知道保全都在幹什麼嗎？我們的工作之一就是垃圾分類。那些廚餘眞是臭得要死……我還得洗廚餘桶，眞的有夠髒。不只是這樣，你知道回收物跟廢棄物差在哪嗎？不知道吧？有一些人就是硬要說廢棄物是回收物，在那邊給我亂丟。叫他貼上廢棄物貼紙，他還會說當個保全計較那麼多幹麼，一臉把我當廢棄物的樣子。這時候眞的很想把他塞進垃圾桶，去他的！」

老黃的抱怨越來越大聲，甚至連隔壁桌的客人都看了過來。而這一連串的抱怨聲，似乎就在證明他的確是自己口中的廢物。老郭爲他倒酒的行爲也像是火上加油，一口氣把酒喝光的老黃，接著開始怨家人、怨社會。眞是的，老黃的嗓門怎麼這麼大啦？

再也忍不住的老郭，用力把手壓在老黃的肩膀上。他終於停止抱怨，抬頭看著老郭。

「家人是不是嫌你很討厭？」

「對啊……都不理我……」

「眞遺憾，如果我是你的小孩，應該也會這樣想。像你這樣一天到晚抱怨，誰會喜歡你？」

「你這傢伙，連聽我抱怨一下都不行喔？」

瞪著老黃的老郭嘆了口氣，然後接著說：

「你抱怨什麼？你是懂什麼？你學生時期有比現在的小孩用功嗎？還是書讀得

比他們多？」

「喂！我活到今天也是吃了不少苦好不好，讀書有什麼了不起！你幹麼幫那些年輕人講話？你管我小孩講什麼？你到底站在誰那邊？」

「我？我站在閉上嘴安靜別發牢騷那邊啦。你這傢伙給我聽好，我們這種沒錢又沒權的老人，就是沒有發言權啦。你知道爲什麼要成功嗎？就是因爲可以掌握發言權啊。看看那些成功的老人，七十幾歲了還在搞政治、搶經營權、操控企業，不是嗎？就算整天說教，底下的年輕人也會用心聽，小孩也聽話。但我們就不是，我們就沒成功，那還抱怨個屁啊？」

「媽的，對啦，我承認，我們很失敗，我們沒用……那我們這一群沒用的廢物相互抱怨總可以吧？到光化門集合大家一起抱怨！喂，臭老頭，你離婚也不用太消沉啦！這週末就跟我一起去光化門，我們一起去那大喊幾聲發洩一下！怎樣？」

老郭感到羞愧。朋友讓他感到羞愧，跟朋友沒什麼兩樣的自己也讓他覺得羞愧。他起身拿起老黃放在旁邊的口罩，幫還看著自己說個不停的老友戴上，希望能藉此讓他閉嘴。去光化門的時候，可千萬別得那個什麼肺炎。

結完帳離開餐廳後，老郭可以聽到身後的老黃仍在繼續抱怨。所剩無幾的朋友，就這麼又少了一個。

不知是因爲跟老黃的聚餐不歡而散，還是白天在整形外科院長那裡受了屈辱，老郭並不想馬上回家。那個套房也不能算是家，就只是個冰冷又漆黑的空間而已。人們不是說光看到窗戶透出的屋內燈光，就能感覺到家的溫暖與歡笑？所以那間套房只能說是他獨居的空間，就像他未來會躺進的棺材一樣。實在不想回去，但天這麼冷，也沒法到處亂走。老郭一邊想著自己的人生究竟是從哪裡開始走錯，一邊在寒冷的街頭徘徊。

當年，繼女兒說想當運動員之後，兒子也說想去報考藝術高中。家裡需要更多的錢，誘惑又在這時找上門，實在是來得恰到好處。他收下那筆謊稱爲謝禮的贓款，用那筆錢付了兒子買樂器跟上課的錢，結果付出的代價非常慘痛。他雖是爲了家人收受賄賂，最後卻因此失業，讓自己的人生多了個汙點。後來開了間徵信社遊走在法律邊緣，漸漸的妻小覺得無法接受這樣的事，刻意跟他保持距離。該死，他又不是自願做這些的，總要賺錢才能負擔家計啊！即便如此，他還是幹著這些髒活、忍受屈辱，靠自己的手腕維持全家生計，讓孩子順利大學畢業。

不過現在他的能力退步許多，已無法追上那些暱稱「組長」的民間調查員了。賺不了錢之後，他在家中的地位也一落千丈。最後妻子提出離婚的要求，孩子出社會後也立刻搬出去獨立，只會久久打通電話問候一下。

沒什麼好委屈的，當時他完全不能理解，但現在多少能接受了。跟家人分開獨自生活這兩年，即使不照鏡子，他也知道自己是什麼模樣。獨自生活後老郭才明白，他什麼都不會，就只會賺錢，眞要他煮飯，他也只會煮泡麵，就連洗衣機都不會用。而且他也不知道要跟孩子們說什麼，一講起話來總是非常尷尬，跟老婆更是話不投機半句多。他只是沒打老婆而已，但一開口總對老婆大小聲。這樣的他在孩子眼中，肯定也不是一個好父親吧？現在會有這種下場，說來說去都是他自找的。

發現到其實是自己害自己失去家人之後，老郭開始慶幸能戴著遮住嘴巴的口罩。他早該閉嘴的。每當想到那些不經意對家人說出的暴力言詞，他的心就一陣刺痛，並在心裡連連狂罵自己活該。

老郭從市政府走到南大門再走到首爾車站，希望深秋的冷風能幫自己醒醒酒。他抬頭看見幾名街友，隨即下意識地邁開步伐往青坡洞走去。原本他打算從首爾車站搭公車走元曉路回去，但他最後決定繞道去青坡洞一趟。他突然起了個念頭，想前往今天這段漫漫長路的起點，跟那個有如不會說話的大熊玩偶說說話。老郭想告訴他，爲了尾隨他，年紀一大把的老人還在這種冷天裡四處奔波。老郭想問他，你在外面徘徊的理由是不是也跟我一樣？甚至還想問問他，你到底是誰？

老郭在便利店門口停下腳步，因爲他看見有一名老太太在櫃檯前跟目標講話。老太太沒要結帳，看上去似乎不像是一般的客人。忽然老太太指著某樣東西，目標便走過去重新把東西擺好。照這麼看這名老太太應該是便利店的老闆。老郭意識到那名老太太，就是委託自己辦事的姜的母親，他反倒不知道要不要進去了。

正在煩惱是不是乾脆離開時，叮鈴一聲，老太太推門走出來，然後笑著對目標揮揮手便離開了。她的年紀看來跟自己差不多，不過既然是姜的母親，應該已經七十幾歲了。這位慈眉善目的老人家，還在爲兒子傷透腦筋吧？老郭一邊想著，一邊打開便利商店的門。

「……歡迎光臨。」

老郭沒有看向問候慢半拍的目標，逕自往冰箱走去。雖然是冬天，但不知爲何他老是覺得口乾舌燥，可能是因爲一直在胡思亂想吧。老郭隨便拿起幾罐啤酒到櫃檯結帳，希望能清空自己的雜念，順便解解渴。

「這位客人，不要……這個，多拿一罐……那個的話……四罐就只要一萬韓元。」

「是喔？」

「對，現在這樣是一萬三千七百韓元……這樣換就只要一萬韓元…可以省下三千七百韓元。」

「喔……好。」

老郭聽目標的話換了一罐，目標問他要不要塑膠袋時他回說不必，很快完成結帳。他把其中兩罐啤酒塞進大衣口袋，剩下兩罐拿在手上走出店門，來到空無一人的座位區坐下打開啤酒。握著冰涼的綠色罐子喝下一口，五臟六腑瞬間暢快無比，還意外地打了個嗝。

這時，目標手上拿著某樣東西推開門走了出來，把手上的東西放在老郭面前並打開電源。老郭一看竟然是一台暖風機。暖氣撲面而來，就像身邊坐了許多人那樣暖和和的。他轉過頭去看著目標，想用眼神跟對方示意，卻發現對方已經回到店內不見人影。怎麼會有這種服務？

眞是親切。目標不知道老郭的眞實身分，以對待一般客人那樣親切地款待他。不僅幫他省錢，還爲只能在寒冷的室外窮酸地喝著啤酒的客人著想。受到這種意外的款待，讓老郭瞬間打消想對目標發牢騷的念頭。他獨自在寒冬中享用啤酒，很快喝完兩罐，不光是正對暖氣的腰側覺得溫暖，就連體內都因爲酒精而熱烘烘的。

叮鈴一聲，門又開了，目標走過來在他身邊坐下。兩隻手上各拿了一支像熱狗的食物，並把其中一支遞給驚訝不已的老郭。

「老先生，這個……魚板棒很好吃……喔。我用微波爐熱過了，一起……吃吧？」

老郭故作鎭定地看著那個魚板棒。仔細一看才發現，那其實根本是比較大根的香腸，可能因爲才剛用微波爐加熱過，所以一直冒著蒸氣，讓人看得都餓了。不過老郭還是有點懷疑，不知對方爲何要給自己這種東西，難道目標已經知道他的身分了？

「爲什麼要給我？」

「沒有下酒菜……不好。天氣又冷……吃個熱熱的魚板棒比較好。而且這個……才剛過期，雖然是報廢品……但還可以吃，所以您就放心吃吧。」

目標斷斷續續地說著，手又伸得更長了一點。「雖然是報廢品但還可以吃」這句話，讓老郭的表情瞬間放鬆。他接下那根魚板棒咬了一口，熱騰騰的魚肉刺激味蕾，他一邊咀嚼一邊靜靜看著目標，目標同樣也滿足地吃著。

「還刻以吧？」

目標一邊咀嚼一邊口齒不清地問。

竟然問我可不可以？老郭只是點點頭，繼續把魚板吃完。接著他又開了一罐新的啤酒，大大喝了一口之後……竟哭了出來。莫名流下的眼淚讓他忍不住發出啜泣聲，甚至連肩膀都抖動了起來。一旁的目標手搭在他肩上安慰著他，這次可沒有口齒不清了。老郭用袖子擦了擦眼淚，轉頭看向目標。

「我沒事。你自己要小心，有人打算要找你麻煩。」

老郭像個在打暗號的間諜一樣，慎重其事地提出警告。但目標卻只是歪了歪頭，一副聽不懂他在說什麼的表情。

「你今天去了狎鷗亭洞的整形外科，對吧？」

目標的表情變了，小眼睛裡的瞳孔瞬間放大，眼神驟變直盯著老郭，並問他怎麼會知道這件事。眞是可怕，老郭回想起還在當警察時，在惡毒的檢察官指揮下辦案的感覺。老郭將自己受便利店老闆兒子委託，已尾隨目標四天，今天跟著他到首爾車站，看他與街友聚會，然後又跟他到整形外科，也把整形外科院長想殺他的事，一五一十全說了出來。

「他問我你住哪，其實我知道你住的蟻居房在哪，但我沒告訴他。總之，我是不知道你跟他之間有什麼過節，但看起來他是眞的想除掉你。」

原本靜靜聽著老郭說話的目標，顴骨突然抽動了起來。微微的抽動很快變成「哈哈、哈哈哈、哈哈哈哈」的放聲大笑。正當老郭覺得目標是在愚弄自己，感到有些不快時，目標停下來定眼看著老郭。

「老人家，謝謝你……提醒我……但請……別擔心。」

目標笑嘻嘻地要老郭別擔心，然後迅速吃光手上的魚板棒。把事情都說出來之後，老郭反而覺得如釋重負，也一下子喝乾了剩下的啤酒。

「不過老闆的兒子爲什麼……要調查……我？」

「這個喔，他說你來了之後營收增加，就沒辦法把店賣掉了。營收要差，他才能要當老闆的媽媽放棄這間店。」

「呵。」

「怎麼了？」

「你看，已經三十分鐘沒有……客人了。反正……就算生意不好，老闆也還是……不會賣。這個我敢……掛保證。跟我有沒有在這……沒有關係。」

「爲什麼？」

「老闆不是……爲了賺大錢才開這間店的。她的教師……退休年金……就夠生活了。她只是想……要讓員工有薪水可領。」

「不過……她兒子很愛錢，所以……」

老郭不自覺越說越小聲，剛才看到姜的母親很有氣質，眼前的目標又如此篤定，讓他覺得目標似乎所言不假。以他從事警察跟徵信社，前前後後加起來超過四十年的經驗，老郭看過很多人撒謊，也很清楚有些事情一看就能辨別眞假。

「請你轉告……兒子，老闆絕對……不會賣這間店。還有，如果你知道……我的身分再把我趕走，他會……給你剩下的錢嗎？那你就告訴他，說你痛罵我一頓，要把我趕走……讓他把錢給你吧。」

「這是什麼意思？」

「我本來就想……辭職了。」

目標露出微笑，手指著便利店的門，上頭貼了寫著「誠徵兼職人員」的公告。居然有這種事！老郭好歹也是靠觀察力吃飯的，居然連眼前這麼大的線索都沒注意到！這也讓他覺得自己眞的是該退休了。

老郭站起身，走到門口詳讀那份公告。工作時間從晚上十點到隔天早上八點共十小時，時薪九千韓元，比最低時薪高五百韓元，算是很不錯的條件。他走回座位區時還在想，「是因爲大夜班時薪比較高嗎？還不錯耶。」老郭面對著目標坐下，目標則用相當悠哉的表情不知喝著什麼。老郭一看才發現，竟是玉米鬚茶。看見老郭驚訝的表情，目標舔了舔嘴唇說：

「因爲我戒酒了……這個很好喝。」

「不過……你辭職之後要做什麼？我觀察你好幾天了，發現你只有在蟻居房跟這邊來回。」

「老人家，你眞是經驗老、老到，居然掌握了……我的動線。」

「除了掌握你的動線我還能做什麼？也多虧了你，這麼冷的天氣我還走了很多路。」

「嗯……我這幾天的確是……散了很多步。思緒很滿的時候……散步最好了。

我決定……要離開首爾了。我煩惱了很久……終於鼓起勇氣。只要能找到人……代替我上班……我就會走。這樣算回答你的問題了嗎？」

老郭靜靜點頭，臉上還帶著淺淺微笑。這狀況有點怪，他竟然跟絕對不該接觸的目標談話，並且從對話中獲得解決問題的線索。他剛剛甚至不禁擔心起目標的未來，而在聽完目標回答後，竟感到安心。這到底是怎麼回事？無論是在腰側呵癢的暖風機，或是有個大塊頭坐他對面幫忙擋冷風，還是因爲聽了這間便利店老闆顧慮員工生計，即便不賺錢也要繼續經營，總之，最重要的是，他很喜歡這裡的溫度。

「那老人家你是……偵探之類的囉？」

目標的眼神透露出對老郭的興趣。

「是可以這樣說啦，你就叫我徵信老郭吧。」

「那……你可以接受我的委託嗎？可以……幫我找人嗎？」

這又是怎樣？今天怎麼老從意外的人手中接到工作？實在是讓人覺得心裡不太舒坦。看老郭猶豫的樣子，目標換上誠懇的眼神補充說：

「當然會……給你報酬。委託費……怎麼算呢？」

「你喔，我算便宜一點，但你要找誰？只要知道姓名跟身分證字號，我就能幫你找。」

「是，我……知道。」

目標心平氣和地說，老郭則點點頭表示願意幫忙。

「不過……那個人已經死了，這樣也可以嗎？」

「當然可以。」

目標像孩子一樣，點點頭露出微笑。老郭則調整了一下呼吸，接著問：

「那個兼職的事啊，像我這種老人也能應徵嗎？」

目標雙眼發亮，整個上半身推出去貼近老郭。

「當然可以。」

「那我再問一個問題，像我這種木訥、又完全沒做過服務業的人，也能做這種工作嗎？」

「老人家，你不是……經營徵信社嗎？那不是服務業裡頭……最高難度的業種嗎？工作的時候……要應付凶神惡煞……或是一堆亂七八糟的人，對吧？這裡除了有一位……說牙齒很瘆……會拿吃過的冰淇淋來退的……奧客奶奶之外……其他客人都像溫馴的小羊。」

「奧客奶奶是什麼意思？」

「奧客……就是討人厭的客人，總之……你一定能應付。」

可能是因爲必須找到人才能趕快辭職，目標很積極地強調老郭能勝任這份工作，

老郭也聽得很認眞。他清空剩下的啤酒，正眼看向目標說：

「做完你的委託之後，我就要收掉徵信社，改投入便利店業了。你可以幫我跟

老闆說，我想來工作嗎？」

「我會幫你說，你只要準備履歷……還有自我介紹就好。請你……盡快。」

老郭點點頭，打開最後一罐啤酒，目標則配合他拿起玉米鬚茶。兩人才乾完杯，

就有三名年輕人進到店裡。目標用眼神向老郭致意，便戴上口罩走進店內。

喝完啤酒，再次戴上口罩離開之前，老郭吸了一大口寒冷的空氣。

ALWAYS

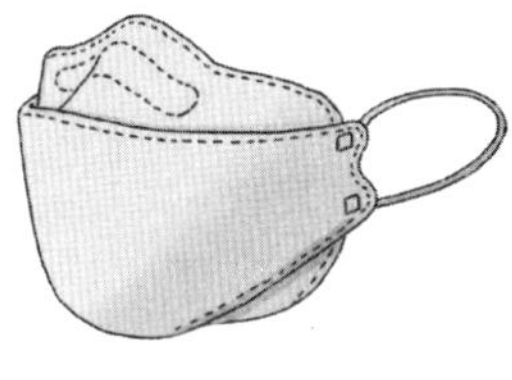

如果不是以每星期、每天二十四小時爲間隔，而是隨時隨地都被某個想法困住，會是什麼感覺？

如果那個想法是痛苦的回憶呢？如果沉浸在痛苦中的大腦越來越沉重，無法擺脫那份痛苦，只能在茫茫苦海中載浮載沉，那麼大腦便會化爲巨大的秤錘，將你拖入深淵之中。不久之後，你會發現自己開始以不同的方式呼吸。你會透過不是鼻子、不是嘴巴，也不是鰓的東西呼吸，以勉強可以稱爲人，卻又不是人的形式活著。試圖忘記痛苦的回憶，結果卻連飢餓都遺忘，試圖以酒精洗刷大腦，結果卻使大多數的記憶一起揮發，最後連自己是誰都說不出口。

遇見老人大約是在那個時候。就在我用盡

最後力氣來到首爾車站，卻完全沒有勇氣離開這裡，只能害怕地癱坐在原地時，一個老人來查看我的狀況。當時的我答不出自己的名字，嘗試回想事情卻只感到頭痛欲裂，到頭來，我只能徘徊在垃圾桶與車站前的食物配給站這兩個地方。老人告訴我位在鐘路的免費配給站、乙支路地下道的祕密基地，還有街友保護設施的使用方法。

如果沒有這名街友前輩的幫助，我早就死了。

雖然失去了記憶，但身體似乎仍記得過去的我，依舊被許多心血管疾病困擾著。如果不是在老人的協助之下，前往醫療援助設施拿藥、接受緊急治療的話，現在的我應該已經到另一個世界了吧。當然，那些藥都是配燒酒喝下的，所以身體狀況不僅沒有好轉，甚至還更糟，但至少我會死得慢一點。

我跟老人一起喝了很多酒。他比我更依賴酒精，他說唯一的防身手段就是醉拳，不喝酒就完全無法保護自己，所以總是酒不離身。他總把街友不可以一乞討到錢就拿去買酒喝這句話掛在嘴邊，但要是酒喝完了，他還是會想盡辦法借錢買酒。不過他從來不吝嗇，都會把珍貴的酒分給我喝。老人會被首爾車站主要街友群體排擠、欺負，所以可能他是想收買一個大塊頭當保鑣吧。再不然就是像傳聞說的一樣，金融危機倒閉潮之前，他曾在大企業裡擔任執行董事，因爲習慣有個祕書在身邊，所以才帶著我。

老人總是醉醺醺的，每天都跟我聊天殺時間。我們通常會在首爾車站內看電視，討論政治、社會經濟、歷史、演藝圈、運動賽事。我們的對話像網路留言，會針對二十四小時新聞頻道報導的所有事件跟意外發表各種言論。跟他這樣聊了一年多，我發現自己其實學到不少東西。這種學習和我過去的認知截然不同，內容大多是背景複雜、生活混亂的人的情緒和故事。而我也在不知不覺間，對這一年多來學到的東西有深刻的體會。我跟老人唯一無法互相分享的，就是我們各自的過去。我們有個默契，我們不知道彼此的過去，即使知道什麼也不主動提起，而是選擇將這些話題封印起來。

以首爾車站爲據點的第二年，認識老人約一年六個月左右的某天，他蜷縮在我身旁離開了世界。一旁的我，對他的死亡無能爲力。要做人工呼吸嗎？要叫救護車嗎？那天清晨，雖能感覺到他漸漸失去生命力，我卻只是背對他躺著，試著將自己的溫度分給他，腦中不斷閃過前晚他那有如遺言般的一句話。

獨孤。

老人說自己叫獨孤，他要我記得這件事。該死，當時他連說明獨孤是名還是姓的力氣都沒有，而我也不想多問。隔天早上獨孤死了，我則是爲了記得他而成爲獨孤。

之後兩年我都沒有離開首爾車站，也沒有去鐘路或乙支路的街友保護設施。撿拾完首爾車站與廣場周遭能果腹的東西之後，我有一種眞正成爲街友的感覺。我彷彿是要支付獲得獨孤這個名字的代價，總是獨自徘徊，只在孤單的陪伴下入睡，並在其他街友成群結夥來找碴時努力擊退他們。兩個人結夥我還能應付，但超過三人的群體來找麻煩時，我就只能挨打，然後到醫務中心接受治療。我偶爾會有心律不整、尿不出來、臉腫得像包子等問題，但我只覺得這些都是邁向死亡的過程，並不特別感到痛苦。起初有段時間，我很努力想找回過去的記憶，但這很快也變得毫無意義，總是孤單一人也讓我忘記怎麼說話，說起話來變得斷斷續續、結結巴巴。這或許更容易誘發他人的同情，也更方便我賺到買酒的錢。我會用顫抖的聲音，使盡力氣不斷重複「肚子……好餓……眞的……好餓……」。

那天，我盯上兩個不要臉的傢伙。他們隸屬西部車站一樓的群體，幾天前搶走我喝的酒，爲了殺雞儆猴，我打算痛毆他們一頓，否則下次我還會被搶。在這個地方即使沒有什麼東西能被搶，也還是要做好不會被搶的準備。但就在我距離他們只有兩步之遙時，卻看到他們突然起身離開。這兩個傢伙大搖大擺地走路，還一邊竊笑，其中一人手裡拿著一個粉紅色收納包。哎呀，眞是一石二鳥。我跑上前去。

我痛打他們一頓，並拿走那個收納包。兩個目的都達成之後，我回到屬於我的祕密基地，滿足地打開收納包。裡面不僅有長皮夾和零錢包，還有存摺、身分證、筆記本和動態密碼產生器*……裡面裝的都是貴重物品。我突然有了危機意識，發現自己似乎涉入一件不小心就會被叫去警局的事。爲此傷透腦筋的我，決定乾脆枕著這個收納包睡覺。肚子雖然很餓，但我向來以睡覺爲重。

我無法睡太久，因爲一直想起收納包失主的臉。看身分證上的照片跟年紀，收納包的主人是名老太太，我忘不掉她慈眉善目的長相，輾轉反側難以入睡。我重新打開收納包翻看手冊，發現手冊最後一頁寫了她的個人資訊和手機號碼。工整的字

---

*透過電子金融服務進行轉帳等重要交易時，用於產生隨機密碼以防止遭駭客盜取資料的機器。

跡寫著「撿到這本手冊的您，請務必跟我聯絡，我會提供謝禮。」居然是寫撿到手冊的「您」……讓我瞬間有種短暫變回人的感覺。我不自覺地坐起身，走向公共電話，從收納包裡掏出零錢包，拿了個銅板撥打電話。稍後便聽見話筒那頭傳來一名年長女性的聲音，解釋了狀況之後，她急忙說會馬上回首爾車站。

那就是我與老闆的初次見面。

我在青坡洞巷弄裡的ALWAYS便利店過夜好一段時間了。至於在這裡落腳的理由，就連我自己都覺得不可思議。我的長處就是遺忘冬夜的寒冷與忍受空腹的飢餓，但現在卻無法讓這些優點發揮作用。在這裡過夜的缺點是無法喝酒，不過我竟然也忍得住。接受老闆提議之後，我便戒酒並來到便利店工作。或許這是我最後的生存本能使然，就像懷孕的流浪貓會突然願意進到人類家中生孩子一樣，我也是爲了某個想要生存下去的理由，願意壓抑酒精中毒來找個避難處。

戒酒並正常吃東西、有溫暖的地方睡覺後，身體狀況便好了許多。白天回到蟻居房裡放鬆心情躺著，會有種好像身處醫院的感覺，而到了起床準備上班的時間，則是神清氣爽彷彿痼疾都被治好了。在生與死的平衡木上，我一直被拖向死亡那一端，現在則有種慢慢回到平衡木上，靜靜伸開雙臂找回平衡的感覺。意外的是，我的大腦也開始運作了。回答同事問題跟思考的速度變快，應對客人時結結巴巴的說話方式也逐漸好轉。

簡言之，我開始過著像人的生活，宛如急凍人一樣被冰封的大腦深處，也開始鋪上暖氣線路了。阻擋在記憶與現實之間的冰壁融解，記憶的團塊有如深埋冰河中的猛瑪象，逐漸冒出頭。那些回憶的屍體，如殭屍般起身撲向我。我被殭屍撕咬，並努力想認清他們的臉，這些痛苦我尚能忍受。

越熟悉便利商店的工作，我的記憶就恢復得越多。清晨，一名女性和一個年幼的女孩一起來到店裡，瞬間我覺得店內的空氣都不一樣了。女子與女孩像在逛藝廊一樣逛著貨架，不停翻看商品並分享喜好。詢問女孩喜歡哪些零食的母親，以及一一將自己的想法告訴母親的女孩，聲音聽起來十分溫柔且深情。親切且充滿熟悉感的情景，不斷敲打我的記憶之門。母女倆商量出一個彼此滿意的結果，將選好的零食帶到櫃檯來的那一刻，我簡直無法抬頭。因爲覺得跟她們對看的瞬間，我會雙腳發軟，整個人跪倒在地。

結完帳後，我才終於敢正視這對母女離開便利商店的背影，那時我意識到，原來我也有妻女。當時我喊出了女兒的名字嗎？那對母女同時轉過頭看著我，一看到她們的臉，我便再也不想踏上那道記憶迴廊。

我重新陷入沉思。夜晚靜靜守在便利店，白天回到那有如棺木的蟻居房，沉浸在窗簾為我創造的黑暗中。飢餓問題解決後，酒精中毒便開始作怪，我選擇靠喝玉米鬚茶緩解。為何是玉米鬚茶？因為當我在找能代替酒的飲料時，發現玉米鬚茶正好有買一送一的促銷。不知是否發揮了安慰劑的作用，喝玉米鬚茶能解我的渴，也能稍微壓抑我飲酒的慾望。

重新開始工作滿一個月左右，扣掉老闆提前預支給我的一百萬韓元，我還剩下約八十萬韓元。便利店大夜班一個月的月薪，遠遠超越我過去幾年乞討、撿拾而來的總金額。不知該把錢花在哪的我，將這八十萬韓元現金整理好，放在夾克口袋裡，後來也忘了它們的存在。老闆要我盡快申請補發被註銷的身分證，還要我去開戶、申請信用卡，但我一直拖延，遲遲不想去做。當初會來到這裡，是因為要阻止在便利店攻擊老闆的流氓，當天也不得不跟去了警局，並在那裡得知自己的本名與身分證字號。幸好我沒有前科。離開警察局後，我便立刻拋棄自己的本名。

申請補發身分證的那一刻，我就必須以原本的身分活下去。但是重新回歸正常生活，那肯定會很痛苦。我沒有勇氣正視模糊記憶中的事件，以及逐漸浮上水面的過去。既然那創傷難以承受到讓記憶的保險絲主動熔斷，我現在又何必刻意將它喚醒？

我想只要過完這個冬天就好。或許是老人獨孤死去的冬天令我害怕，或許是想起那具僵硬的身軀與冰冷的氣息，才讓我想找個比較溫暖的地方過冬。重點是，這裡是便利店啊。就在便利店過個舒適一點的冬天，幫助自己恢復精神吧。等過了冬天，就把獨孤這名字也拋棄掉，成爲眞正的無名者到天上去吧。我下定決心，要趁自己還有餘力的時候離開首爾車站，在這座城市裡找一座橋，躍入貫穿城市的那條大江裡去。我決心趁著這個冬天，在這裡賺取能縱身躍下的力氣。

雖然我決定拋下一切，但妻子的模樣仍歷歷在目，始終沒有消失。在警察局得知我的身分時，遺忘的回憶、我有家庭、有妻女的事實，隨著時間流逝都變得越來越清晰。現在就連妻子的臉孔與動作，我都能一一記起。留著短髮的矮小妻子，是名理性且安靜的女性。無論面對什麼事她都深思熟慮，很少說些什麼，總是會笑著包容我的不耐煩與逞強。我想起她對我發脾氣的那天，究竟是爲什麼？她爲何會以那麼輕蔑的眼神看我？我甚至想起她始終不發一語，憤怒緊盯著我的模樣。她那副模樣令當時的我十分火大，而她絲毫沒有理會我，只是逕自收拾行李。

叮鈴聲把我抓回現實，我發現自己在清晨便利店的櫃檯邊打瞌睡。清晨出門上班的客人在挑選商品時，我咕嚕咕嚕地喝著放在一旁的玉米鬚茶。我必須不斷喝下這清澈的褐色液體，才能讓過去因爲酗酒而沉睡的回憶碎片不要重新醒來。

到了年底，前輩詩賢被其他便利店挖角。便利商店工讀生竟會被挖角，實在令我驚訝，她卻說這都是多虧了我，還買了把刮鬍刀送我，讓我更感到不可思議。即便不明所以，我仍然收下刮鬍刀，並用這把刮鬍刀，整理自己那新長出來又粗又硬的鬍子。詩賢說要我以後都記得好好刮鬍子，而我也祝福她未來平安順遂。

詩賢離開便利商店後，我跟另一位同事善淑必須分擔的工作更多了。她仍然不把我當人看。如果要我說街友生活的感想，那就是我學會立刻讀懂人們視線所代表的意義。流連首爾車站期間，人們看我的眼神裡，同情與輕視比例大約是三比七。當然，其中有些人是眞的擔心我們。我知道這難以置信，不過其中也有些人是以羨慕的眼神看著我們，只是他們沒有自覺。

善淑是一比九，只是那個九成是輕視而不是同情。但我也沒有受到打擊，畢竟每次交班時覺得不自在、難受的人都是她。完成工作交接後，我會打掃周邊環境、擦拭戶外座位區，她總會催促我不必忙了，要我趕快下班。擅長打掃的她，非常討厭我在她面前做這些事賣乖。不管她怎麼想，我都照著自己的步調。因爲我希望能透過這種方式，多少報答僱用我、讓我得以在最後一個冬天睡個好覺的老闆。

對我抱持正面觀感的，是社區裡看起來已經八十好幾的白髮老奶奶。彎腰駝背的她，總是圍著一條如蟒蛇般的圍巾在社區裡四處閒逛。一天，她看見正在打掃戶外座位區的我，便問我大冬天的，爲什麼要打掃這種地方。我說我必須把鴿糞擦掉，老奶奶不知是不是也討厭鴿子、鴿糞，聽我這麼回答後，便用非常滿意的表情看著我。

隔天，白髮老奶奶帶著社區裡其他的老奶奶來到店裡，彷彿是來這裡喝茶一樣。這群老奶奶很喜歡便利店才有的折扣商品，還會帶孫子孫女們來採購一些買二送一的商品。某一天，爲了感謝她們的消費，我幫忙把白髮老奶奶買的飲料組合送到她家。不知她是否在老人聚會時炫耀了這件事，後來其他的老奶奶也要我幫忙把她們買的東西送回家。後來甚至還有人把自己的住址告訴我，直接請我幫忙外送商品過去。由於我沒其他事可做，讓自己更累一點，回到蟻居房才能睡個好覺，所以想想我也沒理由拒絕。再加上幫忙她們拿東西回家或是外送到家，老奶奶們還會拿年糕、麻花或水果之類的食物給我吃。

她們對我來說是奶奶、是母親、是姑姑、是阿姨。透過她們，我能感受到記憶中模糊的母愛溫暖，也感覺自己更有溫度了。眞要說有什麼麻煩的地方，就是她們即使已經老到都要戴假牙，仍會鍥而不捨地追問別人的身家背景。

「小夥子結婚了嗎？」

「離過婚嗎？」

「要幫你找新對象嗎？」

「幾歲啦？」

「要不要跟我姪女交往看看？」

「來便利商店之前是做什麼的？」

「你上教會嗎？」

「要不要到我們家鄉下的果園工作？」

……

她們總是這樣毫不忌諱地問我各式各樣的問題，而我只能輪流用「不用啦」「沒有」「沒關係」「不必麻煩」等答案來抵擋。這樣交手幾次之後，老人家們意識到我可能是個經歷過大風大浪的人，也就不再追問了。只有最一開始認識的那名老奶奶仍不肯放棄，她每次看到我，都會像在背流行歌的歌詞一樣，一再反覆追問：

「你以前是幹什麼的？雖然我老了，沒辦法幫你什麼，但至少要把這件事問清楚，我真的是太好奇了。長這麼帥的小夥子，到底是爲什麼會淪落到這裡？」

老奶奶，連我自己也不太清楚耶。要是知道的話，我也很想告訴妳，很想用解答妳的疑問來回報妳對我的好。現在回想起來，或許就是這位老奶奶的叨唸，讓我能夠繼續深究這個問題——你，這個人，到底，是誰？

總之，善淑似乎不怎麼喜歡上午變得十分忙碌的便利店，經常質問我老奶奶們來店裡是能多賣多少東西。不過現在營收確實比以前好，老闆也比較開心，所以善淑也就沒多說什麼了。畢竟便利店要是營收少到不得不收起來，那她也會失去工作。

新年初始，善淑突然跟我道歉，說她去年對我有很多誤會，今年要跟我好好相處。我也跟善淑說，她幫便利店炸的炸雞最美味。接著她開始抱怨，說我比他們家的男人要好溝通多了。她嘆了口氣，說老公跟兒子是她這輩子遇過最無法溝通的人。那時看見她如此喪氣的模樣，我竟產生了一股微妙的認同感。無法溝通這句話的意思，讓我感到有些心酸。是太太？還是女兒？那個說我無法溝通的人，用一個極度失望的表情，一副跟我再也無話可說的態度，最後消失無蹤了……似乎是太太，又好像是女兒。究竟是誰，我至今仍無法完全確定。

幾天後，善淑一來店裡就哭了。我很快靠過去想安慰她，卻也不知道能做什麼。我只能把每次用來壓抑飲酒衝動的玉米鬚茶遞給她，她喝了一口之後似乎比較平靜，便調整了一下呼吸，接著像機關槍掃射一樣，開始向我抱怨她對兒子的不滿。她跟兒子的交流已經中斷很久，兒子的人生似乎已經脫軌，還對一切感到厭倦，眼看他很難重回正軌了。不過其實現在這個世界，也不是返回軌道就能確保一路平安抵達終點，所以我也無話可說，只是靜靜聽善淑訴苦。究竟是多麼缺少傾訴的對象，才會對我吐露這種鬱悶的心情呢？我一邊想著她的情況，一邊聽她說。

換位思考。這也是我在自己的人生脫軌後才領悟的四個字。我的人生大抵上可說是單向通行，願意聽我說話的人很多，自己的情緒總是放在他人的情緒之先，不願接受的人只要趕走就好，即便是家人也一樣。一想到這裡，不久前產生的疑問突然有了解答，說我無法溝通的人是女兒。我想起女兒的臉，差點要哭出來，但還是忍住了。我固執且難以溝通，而太太接納了這樣的我，一直以來都是如此。我本以爲太太是贊同我的話，但其實不是，她只是一直在忍受我而已。

不過女兒就不同了。

女兒和太太不同，和我更加不同。就像善淑現在正在抱怨，爲何自己生下的兒子會跟自己如此不同一樣，我跟女兒也很不同。不僅是性別、思考方式、世代差異，飲食習慣跟喜好更是大相逕庭。女兒不吃肉且討厭讀書，是草食性動物，在這如叢林般的大韓民國社會裡，她竟有著柔弱的氣質，也因此總是被我教訓。小時候她會假裝聽我訓斥，長大進入青春期後便開始叛逆。雖然我無法接受這樣的她，但太太成了女兒的防護罩，擋在我們父女中間。當時我一直誤以爲太太這層防護罩，是造成我與女兒無法溝通的阻礙，但現在我好像知道爲什麼了。最一開始讓太太成爲防護罩的人是我，後來把太太努力創造的機會踩在腳底的人也是我。我把女兒當成任性妄爲的孩子，女兒則把我當成透明人。這就是開始。家庭的解體、人生的不幸、不得不失去妻女，都是源自於我的傲慢與漠不關心。

許久之後，當我在痛苦中失去記憶，好不容易睜開眼看看這個世界，才學會了換位思考的方法，才懂得抱持憐憫的態度，才開始領悟如何接近人心。不過現在我身邊已經沒有人了，要找個人來溝通也爲時已晚。但我還是必須加油，必須幫助在我面前哭泣的善淑，阻止她一腳踩入這個我曾經陷入的泥淖中。我親身體會過那種痛、沉浸在那樣的悲傷之中，所以必須做點什麼。這時我想起炸夢說的話。

我拿了個三角飯糰給她，建議她把飯糰跟信一起拿給兒子，並聽聽兒子要說什麼。就像現在我聽她說話一樣，要她聽聽兒子的話。她點點頭，而我感到有些羞愧。我無法寫信也無法傾聽，只能感到羞愧和痛苦。

春節連假過後，從中國開始爆發的傳染病變得更嚴重了。四處出現群聚感染的案例，口罩和洗手乳大缺貨。老闆給了我跟善淑好幾個口罩，要我們在上班時用。這是肺不好的老闆爲了因應空氣品質不佳的日子，而提早準備的備品。

戴著口罩上夜班，讓我不必心驚膽跳地面對客人。結完帳後，我會拿起放在一旁的洗手乳，擠在手上拚命搓揉消毒。即使這個狀況令人陌生，但這整套消毒的行爲卻讓我感到異常熟悉。

隔天，老闆說爲了進一步確保大家安全，便分發乳膠手套給我們。戴上手套的瞬間，我腦海中的迷霧瞬間散去。我沒有忘記那個觸感。我把洗手液擠在手套上並搓揉雙手，然後再靠近鼻子聞了聞。即使店內還有客人，我仍然迅速離開櫃檯，跑到店內最角落的鏡子前。我看了看自己戴著口罩的臉，看見蓋在短髮下的V字眉和小小的眼睛，跟口罩宛如天生一對那樣，在我臉上形成十分協調的畫面。

這個畫面，帶我看見自己的過去。

被口罩遮住的臉、洗手液的酒精氣味、乳膠手套的熟悉觸感與一連串自然的情境，喚醒了過去的我。

我是個醫師。

我感覺自己只要在這裡披上醫師的白袍、拿起手術刀，似乎就能執行各種手術。我感覺手術室裡的消毒水味和血腥味彷彿滲入鼻腔，醫療器械的噪音如背景音般纏繞我。我像是想逃離手術室一樣，打開便利店的門走到戶外，脫掉口罩吹了吹冷風。我必須大口呼吸，然後彷彿爲了不讓記憶死去一樣，拚命爲模糊的記憶做心臟按摩。

後來我花了幾天幾夜的時間，緊抓住找回的記憶，將其拆解並重新組合。那是種大腦的皺褶持續被什麼搔癢的感覺。雖然我越是了解自己，越感到痛苦、恐懼與莫名的抗拒，但我仍無法停止挖掘。

那一天，一名來買四罐啤酒的客人跟我說他是老闆的兒子，不打算付錢。雖然與老闆神似的五官，能證明他並沒有說謊，但我無法讓他就這樣離開。這不僅是店員應盡的本分，我也想讓這個從沒幫過店裡一點忙，卻覬覦這間店的傢伙知道，沒有特權這種東西。那個爭到臉紅脖子粗，氣呼呼離開的傢伙，一小時後又回到店裡。他來找正在整理貨架的我，渾身酒氣地拿出手機遞到我面前。螢幕上是老闆跟那傢伙笑著合照的模樣。他說這應該能證明他沒說謊了，然後又問我啤酒的銷售情況，我照實回答了。他拚命否定我說的話，然後帶著啤酒走了。那一刻，他那讓人失望的模樣讓我想起了我的哥哥。

我有個哥哥，是個極其令人失望的人。我跟他都很聰明，我將聰明用在讀書上，而他則將這份聰明用於耍心機、搞詐騙。他很早便開始靠欺騙他人維生，更曾在我剛考進醫學院時，輕蔑地問我當醫生是能賺多少錢。後來他消失了很多年，某天再度和我聯絡時，我想他應該是正在牢裡。

最後一次見面，是他來我實習的醫院找我。他語帶威脅地跟我要錢，我告訴他說醫院裡有手術刀、剪刀、劇毒物質等許多具殺傷力的工具，醫師能夠救人但也能夠殺人，見血對醫師來說再自然也不過。然後他消失了，我腦中跟他有關的記憶也消失了。

不過在找回記憶的過程中，老闆的兒子讓我再次想起他。一想起哥的臉，很快便接連想起家人的模樣。將聰明的腦袋遺傳給我和哥哥的母親，早早拋下無能的父親與我們離家出走。當時仍在讀小學的我們，便交給奶奶來照顧。

父親在工地幹活，是人們所謂的「做工的人」，他很沉默寡言，偶爾會打我們，偶爾也會買飯給我們吃，但他還是個無法顧好自己的人生，每天都過得萬分痛苦的人。在我長大的過程中，他發現我很會讀書，也對我有了期待，特別送我上補習班、給我零用錢。或許是因爲我身上流有母親的血，在考進醫學院之後，我便像母親一樣離家獨立了。我靠著家教賺生活費，自己養活自己，並且拚命讀書，努力想遺忘父親跟哥哥所在的那個家。

我想成爲醫師，呼吸另一種不同的空氣。我想跟家世良好的女性交往，組織屬於我的家庭，而我也幾乎可以說是實現了這一切。這些往事如惡夢般回到我身邊，開始折磨著我，我卻只能束手無策地繼續做這個夢。

社會上發生口罩之亂，人們開始在藥局外排隊搶買口罩，全國的醫療團隊被派往出現許多感染者的大邱。新冠肺炎襲捲全世界的此刻，我戴著口罩專心自己的工作。無論是世界還是我，都有某個部分正在改變。我們可以在電視上看到義大利的某個家庭，遭遇到至親感染新冠肺炎即將離世，家人卻無法送他最後一程的悲傷故事。

我腦海中那個如傳染病一般驅趕不走的想法，也正在蠶食著我。那如傳染病一般的回憶，不斷大聲疾呼要我選擇真正屬於自己的人生。真是神奇，死亡猖獗之際，人才能看見生命之所在。即便我的人生即將邁入終點，我也得出發去尋找讓人生更美好的方法。

我找回了身分，恢復了被撤銷的居民登記，找回自己的帳號和密碼，開啓網路上屬於我的世界。我曾經預期到會發生這種事嗎？雲端空間裡有跟我有關，不，應該說是跟我和該事件有關的紀錄，我很自然地意識到這代表什麼，彷彿那是一開始就內建在我身上的自動導航系統。於是我做了該做的事。

我跟老闆面談。她靜靜聽我訴說這個非常私人的辭職理由。這解開了她一直以來的疑惑，她表示理解我的考量。她很清楚，便利店是個人們來來去去的空間，無論店員還是客人，都只是短暫停留的過客。便利店就像是間加油站，讓人們用物品或金錢爲自己加值。我在這座加油站不只加了油，更把故障的車修好。既然車修好了就得離開，就得重新上路，她是這麼跟我說的。

有個男子跟蹤我，他看起來大約六十幾歲。這是我第一次被跟蹤，也是第一次遇到跟蹤技巧這麼差的人。我們進入同一節地鐵車廂，他立刻在我斜對面的博愛座坐下，並轉過頭去避開我的視線。我看著他的側臉，神奇的是他的側臉看起來跟我父親好像。那莫名巨大的身軀和看似固執的五官，也都令我聯想到父親。最重要的是，我最後一次跟父親見面時，他似乎就差不多是六十幾歲。

發現跟蹤男讓我聯想到父親之後，我便自然推敲出是誰派他來跟蹤我，應該是那個跟哥哥很像的傢伙。爲什麼要做這種白費力氣的事呢？爲何要浪費力氣挖掘我的過去？但最讓我感到無奈的，是我竟不討厭他們。現在即使想起父親和哥哥，我也不覺得氣憤了。就像是要他跟上我一樣，我用眼神給了那個跟蹤我的男子訊號，並在狎鷗亭站下車。

走進醫院後我才發現，認得的臉孔並不多。院長總是把人當成醫療消耗品，所以這裡的員工都待不久。進入熟悉的工作場域，我感覺像是回到從前。櫃檯員工詢問我來的目的，我以強硬的態度回答，然後逕自走向院長室。

院長依然沒變。看見時隔四年的我回來找他，他竟面不改色地問我想不想繼續在這裡工作。我回他說這間醫院很快就會不見，我哪可能會在這裡工作。他則回我說，這段時間我似乎吃了很多苦，如果想要更落魄，那我大可以做出愚蠢的選擇。

「如果你能主動消失，我會很感激你……現在我打算……把你跟這間醫院的事公開……只是來通知你而已。」

「怎麼？有誰跟你說主動檢舉會幫你減刑嗎？」

「對你來說……人就像商品，就像廢棄物……能賺錢的就是商品……不能賺錢就是廢棄物……」

「你很能賺錢，我記得我是因為這樣才僱用你。」

「但是……人不是你想的那樣。人是……有連結的，不是你可以隨便除掉……隨便處理的……東西。」

瞬間，院長露出令人作嘔的微笑，上半身靠向我說：

「你太認真了。那我也認真告訴你，其實我一直在找你，還找了一群很擅長找人的人去找你，但他們找不到你，所以我遲遲沒付尾款。這下我可以告訴他們，你在這附近閒晃。如果我付他們尾款再加利息，他們肯定會把你從頭到腳重新打理一遍再帶來給我，我會爲你做人生最後的一次手術。」

我笑了。一開始是嘴角微微上揚，後來變成放聲大笑。院長似乎在思考我究竟是瘋了還是在逞強，但是他那副模樣實在太可笑，於是我笑得更大聲。果然，笑容都會讓壞人很不舒服，我看那傢伙整張臉皺了起來。

「我會宰了你，我絕對會把你的皮給剝了。」

我停止大笑，面無表情地看著他。

「我已經死過……一次了，再……死一次也不會改變什麼。而且我已經……檢舉你了。最近很多電視節目……都會挖這種新聞。所以尾款……別給那些人，拿去請律師……會比較好。」

「神經病，你只是想敲詐我。你已經拿那些資料去檢舉我了嗎？這件事也牽涉到你耶，眞是笑死人了，哈哈。」

「我說過，我已經……死過一次。」

「少說大話了。講啊，你想要什麼？我可以讓你回來這裡工作，還是你想要的是錢？」

「我想要的……是這個。」

我舉起左手，把進到醫院後戴上乳膠手套的手張開給他看。院長好奇我在做什麼，便探頭過來查看。這時我左手握起拳頭，右手像抓住魚餌一樣揪住他的領口，絲毫不給他抵抗的時間，立刻一拳朝他的臉打去。呃一聲，院長的頭瞬間往一旁甩去，因爲反作用力甩回來的時候，我又趁機再補上一拳，他又是一聲哀號。我鬆開他的領口，院長把臉重新轉向我並癱坐在椅子上。

我全然不理會承受了重重兩拳的院長，逕自離開院長室。

隔天早上，有人叫住完成交接後準備下班的我。回頭一看，發現是鄭編劇拖著行李箱朝便利店走來。說要寫舞台劇劇本的鄭編劇，原本以便利店對面的公寓套房爲創作據點，看來她要離開這個社區了。她帶著爽朗的笑容告訴我，劇本初稿已經完成，她要回大學路去，而我也回以笑容。她花很多時間爲我做心理諮商，明明不是精神科醫師，卻還是問了我很多問題，也給了許多建議。多虧了她，我的大腦開始動了起來，在恢復記憶上幫了很大的忙。

「希望妳辛苦寫好的劇本……會變成一齣很棒的戲。」

「新冠肺炎疫情越來越嚴重，不知道之後會怎麼樣。這世界就是偏偏要選在這個我用盡全力寫劇本的時候出事。」

鄭編劇露在口罩外頭的雙眼透著光芒。她竟然能笑著描述自己遭遇的悲劇，我可以從她身上感覺到活力。那就是有夢想的人所具備的力量吧？我們總在凌晨的便利商店聊天。她爲了挖掘我的過去，甚至講了很多自己的故事。她那股面對自己想做的事從不退縮的活力，眞的讓我非常羨慕。所以我問，支持妳的力量究竟是什麼？她說，人生本來就是不斷解決問題，既然都要解決問題，那就努力選還可以的問題來解。

「獨孤，你恢復記憶了嗎？我作品裡那個跟你很像的角色，最後恢復記憶了喔。」

「可能是因爲妳那樣寫了……我想起不少事情，謝謝妳。」

鄭編劇對我舉起拳頭，這是新冠疫情時代的握手方式，我也用自己的拳頭碰了碰她的拳頭。我沒有把她寫的記憶拿來跟我的記憶對照，我們都知道沒有那個必要。

業務先生在十點多一點來到便利商店。他買了玉米鬚茶、芝麻泡麵，還有買一送一的巧克力，然後面帶笑容地看著我。想起他家那對可愛的雙胞胎女兒，我也不自覺地露出笑容。我遞給他一張紙，上面是極東醫院洪科長的號碼還有我的本名。他面露驚訝，我反問他「不是在賣醫療器材嗎？」並告訴他可以跟洪科長聯絡，報上我的名字應該會有幫助。

業務先生就很快理解我的意思，並連連向我道謝，說事情要是順利一定會報答我。我目送他離開便利店。我白天跟大學同學洪科長通過電話，那傢伙很驚訝我竟然會主動聯絡他，聽到我想介紹一個業務給他，他更是吃驚。不知是因爲他欠過我人情，還是因爲我仍然有一些影響力，他說他會特別照顧我介紹的業務。洪科長跟業務見面聽到我的近況後，應該又會再驚訝一次吧。

今天是交接第三天，老郭緩慢地爲那對看似母女的客人結帳。可能是因爲結帳多花了點時間令他感到抱歉，最後老郭很大聲地用「請慢走」送走兩位客人。正朝門口走去的女孩轉過身來，鞠了個躬回說「請保重」。看到女孩這副模樣，他忍不住放聲大笑，又馬上意識到我盯著他看，而有些難爲情。

「複合式結帳我還是會搞混。老人反應就是比較慢，眞是抱歉，拖慢你交接的進度。」

眞的沒什麼好抱歉的。是因爲他願意接大夜班的工作，才讓我能順利辭職，也因爲他今天給我的那張紙條，讓我終於能動身去做該做的事。我拿出今天買的智慧型手機，打開 YouTube 找到詩賢的頻道。「便利商店工作更便利—便便頻道」又上傳了新的影片。我點開〈精通複合式結帳〉這支影片，然後把手機遞給郭。稍後，他便拿著條碼掃描機，依照詩賢的說明認眞重複一遍。不時能聽見影片中傳來詩賢沉著冷靜的聲音，眞讓我覺得很開心。

「各位，這個頻道雖然叫便便頻道，但其實在便利店工作很辛苦的。畢竟是工作啊。而且如果想讓客人感到便利，那店員就只好多忍受一點不便。要忍受不便跟辛苦，才能讓被服務的客人更便利一些。我是花了一年才想通這件事。希望大家就算只是短暫到便利店打工，也能忍受這些不便，讓客人多多享受便利。而我則會盡量減少大家的不便。以上是今天便便頻道的影片。」

凌晨時，我本來只是想看看貨架上商品的陳列狀況，卻發現誇海口說當兵時被分配到補給隊，很擅長補貨的老郭又犯了錯，我只好再一次跟他強調補貨的順序。

天剛亮的時候，我跟他一起在店內的角落吃泡麵。老郭可能是眞的很想跟人聊天，所以一直說個不停。他說這裡的老闆人很不錯，雖然同樣都要熬夜，但便利店大夜班比當大樓保全好多了。然後又吃吃笑著說，昨天老闆的兒子姜看到他在店裡上班，整個人嚇了一大跳。聽他這麼一說，我也停下筷子跟著笑了。

老闆的兒子爲了趕走我而請老郭來幫忙，沒想到老郭竟然反過來接下便利店的工作，讓老闆的兒子像看到鬼一樣，嚇得在原地動彈不得。他連珠炮似的質問老郭，爲何要跑到別人店裡來搞破壞。老郭只是平靜地告訴他，在大韓民國人人都有選擇職業的自由，他也確實把獨孤趕走，完成了委託的任務。老闆的兒子大發雷霆，拚命大喊說他要把這間店賣掉。接著老郭回說，他會幫忙老闆守住這間店。老闆的兒子氣得跳腳並開始搗亂，我急忙走上前去告訴他，這裡距離派出所只要五分鐘，如果不想在媽媽的店裡搗亂被逮進警局，那就趕快停手。最後他只能忿忿不平地對老郭說，世上果眞沒有一個人能信，然後氣呼呼地甩門離開。

「既然知道世界上沒人可信，那就不要再被騙了。」

老郭面無表情地說。

「前幾天老闆……跟我抱怨，說兒子想收購的……釀酒廠是假的。要把便利商店……賣掉拿去投資，實在太奇怪，老闆才去打聽……發現根本是騙人的。」

聽我這麼一說，老郭露出無奈的笑容。

「所以他才跑來找我出氣啊。」

「老闆……因爲兒子的關係……經常煩惱。老人家你……原本就認識他，請多多關照一下。」

「這是當然的。過一、兩個月，那傢伙就會像沒事一樣，打電話來要我請他吃晚餐啦。」

老郭一邊看著窗外泛白的天空一邊說。遠方南山塔的剪影，宣告了新的一天即將正式展開。他望著南山塔一動也不動，彷彿深深沉浸在自己的思緒中。我把剩下的泡麵吃完並將座位整理乾淨，這時他轉過頭來問我：

「你有家人嗎？」

他的眼神滿是寂寞，而我只是點點頭，沒有出聲回答。

「我這輩子都對家人很不好，眞的很後悔。就算現在有機會再見面，也不知道該怎麼跟他們相處。」

我努力想回答他的問題，因爲這也是我自己面臨的問題。但或許正因爲如此，我才一句話也說不出口。看我面露難色且一言不發，他好像覺得自己太多嘴了。他擺了擺手要我別再想下去，並拿起泡麵碗和桌上的垃圾轉身離去。

「就像對待客人一樣……對待他們。」

突如其來的一句話，讓他轉過身來看著我。

「你對客人……都很親切……對家人……也像對客人一樣吧。這樣……就可以了。」

「像對待客人啊……原來如此。我得在這裡多學學待客之道。」

老郭向我道謝並轉身離去。眞要說起來，家人也是在人生這趟旅程中相遇的顧客吧？無論是貴客還是不速之客，用對待客人的方式相處，就能避免彼此傷害。雖是情急之下說出口的話，但似乎回答了他的問題，我也因此放心了。但是，這也會是給我自己的解答嗎？如今的我，也找得到能以待客之道相處的對象嗎？

看著善淑跟老郭完成交接後，我就離開便利商店，再度往首爾車站走去。我穿越這個曾經當成棲身之所的車站，越過廣場往公車站走去。其中一輛從那裡出發的跨縣市公車，將會帶我前往今天的目的地。抵達車站後，我靜靜地等公車，想起善淑與她的兒子。剛才她笑著和我說，現在會跟兒子互傳訊息了。那天跟我聊完之後，善淑帶著三角飯糰和一封用心寫好的信回去給兒子，不久後便收到兒子發給她一封長長的訊息。兒子先向她道歉，說自己正在籌備眞正想做的事，請善淑再多等他一下。光是這樣的解釋，就足以讓善淑找回對兒子的信任。

善淑打開通訊軟體的視窗，指著視窗裡那隻正在發射愛心的動物告訴我說，那是兒子買給她的貼圖。雖然我搞不清楚那是狸貓還是鼴鼠，但我可以確定善淑很幸福。

人生就是關係，關係的根本就是溝通。我發現只要能跟身旁的人交心，幸福其實離我們不遠。在我度過秋冬兩季的 ALWAYS 便利商店，甚至是在幾年前那段流連首爾車站的日子裡，都讓我漸漸學會、熟悉這個道理。在首爾車站能看見許多送別家人的家庭、等待戀人的情侶、與父母同行的子女、結伴出遊的好友……對生命迷惘的我在旁觀察人們的互動，並在過程中與自己對話。那過程雖令我受盡折磨，卻也讓我有所領悟。

跨縣市公車開了很久，終於駛入京畿道南部的一個小城鎮。行經此處的國道仍在建設中，隨時都有水泥車與工程車經過。我在國道預定地上的某個車站下車，公車離開時還飛濺起塵土。我轉身走向下車前便鎖定好的指示牌，並盯著指示牌看了好一陣子。上頭寫著距離「追思公園 THE HOME」還有五百公尺。我往山丘上走了五百多公尺，一路上在想，追思公園的英文名字究竟該怎麼翻譯才好。家？家庭？安樂窩？我突然能理解命名者的心情了，或許是因爲不知該選用什麼詞，才能完整詮釋家所象徵的意義，最後才選擇以「THE HOME」爲名吧。因緣際會下成爲無家者的我，正朝著「家」走去，這種心情實在很奇特。如今的我不受「家」的歡迎，等我離世之後，想必也沒有機會入住「THE HOME」。我就快到達目的地了，即將面對我必須面對的時刻。

走過追思公園入口處那個大到令人備感壓力的雕塑，我拿出老郭昨天遞給我的紙條。確認上頭寫的是「Green A-303」之後，我脫下口罩深吸了一口氣。追思公園沿著向陽的山坡建造，我停下腳步大口呼吸，感受自己仍活著的證明。是因爲這裡是亡者的居所嗎？附近竟然完全看不到人。好處是在這種地方脫下口罩也不會被人側目。我把口罩收進口袋裡，重新邁開步伐。

她來諮詢時，提出很多疑慮，不斷詢問手術會不會痛、是否有副作用、會不會需要定期調整等等。我說會進行全身麻醉，客人所擔心的事情，都是江北城郊的三流醫院才可能發生的事。

「新聞會報的都是那些事，簡單來說，就是因爲那些事都太誇張，所以才會上新聞。您眞的擔心過頭了，這裡可是狎鷗亭洞呢。您應該已經調查過我們這間整形外科，所以才會過來吧？」

「那個……這筆錢我存了很久，要是得做第二次手術或需要追加手術，我絕對負擔不起。」

「您眞是找對地方了。我們一定會幫您做到最好，讓這第一次也能成爲您的最後一次，請您不要擔心，聽從醫院和醫生的指示就好。」

「好，這樣我就比較安心了，謝謝醫生。」

一星期之後，她在手術室內接受手術時，我正用同樣一套話術，說服另一位前來諮詢的客人。她的手術由牙科部門的小崔負責，我只是在開始時進去看了一下小崔動刀，隨即離開手術室去接受其他客人的諮詢。就這樣，當初我用溫柔話術安撫的患者，最後在其他醫生的代刀之下離開這個世界。

院長很快收拾好整件事，代刀的幽靈醫生在整起事件中成了不存在的人，而她的死則成爲醫療事故的一部分。家屬對醫院提告，高喊著要醫生把女兒的命還來，但院長動用他在法律界的人脈，讓醫院沒有被起訴。

最後就以一定的賠償金額及辭退我爲代價，來結束整起事件。院長要我休息一段時間避風頭，於是我獲得了久違的假期，得以在家裡休息。

這一切究竟是從哪裡開始出了問題？

是不該把手術委託給別的醫生來代刀？

還是我不該視代刀手術爲理所當然，然後爲了多賺一點，離開手術室去接受其他病患的諮詢？

又或者是我不該欺騙了雖然擔心，卻仍滿懷期待由我來動手術的她？

還是我根本就不該在把代刀當正常，眼裡只有錢的院長手下工作？

難道我該怪青少年時期的窮困與無能的父母，導致我怨恨世界，而盲目地追求功成名就？

那時我不知道答案，完全沒有頭緒。現在雖然終於明白，卻也知道一切無法挽回。站在 Green A-303 號的墓碑前，面對一臉稚氣未脫，猶如被我親手殺死的女子，我只能靠口罩遮掩自己的眼淚。

我完全無法正視她。

她曾說，自己就要開始找工作，必須在面試之前投資一下這張臉。她在大學期間為了存整形手術費而到處打工。她是為了生存而努力讓自己符合世界的標準，沒想到結果竟然是失去了生命。奪走她生命的無情刀刃彷彿還握在我的手裡，令我心驚膽戰。

我忍住眼淚，手伸入外套中，掏出的不是手術刀，而是花束。那是我昨天買來自己黏的紙花。我將艷紅的假花，黏在屬於她的小小空間上。我茫然地站在原地，很快又開始流淚。

我聽見有人走過來的聲音，於是趕忙戴上濕透的口罩遮住嘴並低下頭。閉上仍在流淚的眼睛，我心中絮絮默念：「對不起，真的對不起……我錯了。請不要……原諒我。希望妳在那……安息，真心……希望妳……安息。」

跨縣市公車在快進入首爾時遇上塞車，我閉上眼假裝睡覺，試圖忍住爆發的情緒。

太太不相信結結巴巴地說拿到帶薪休假的我，一直追問究竟發生了什麼事。我學到的應對方式是，越有人追問臉皮就要越厚、越理直氣壯。於是我回她說，是因爲跟院長起了點衝突，所以才拿到休假。只是這個理由也騙不了多久。死去的女子參加過一個義工團體，那個團體也跑來醫院舉牌示威。新聞很快就報導了這起事件，事情的來龍去脈也在網路上轉傳。

太太問我到底什麼才是眞相，我避而不答。眞相之類的一點都不重要，我和家人如果想活命，閉上嘴才是最好的選擇。但太太和女兒不斷追問，想弄清楚這起跟爸爸有關的事件。越是這種時候，我就越應該不說話、越應該斷然否認才對吧？被逼到受不了的我終於告訴太太，不是我搞出這起醫療事故，是徐科長那邊的事情，這種事在我們這個業界很常見。再加上院長很擅長處理這種事，很快就能恢復日常生活，我現在只是因爲醫院的氣氛很不好，所以才暫時休息。

太太不相信我，也從此不再跟我說話。她不知道跑去哪拜佛還是遊蕩，每天都到深夜才回家。女兒同樣也察覺到氣氛不對勁，開始避不見面。一個星期日晚上，獨自躺在家裡等外送的我，突然感到非常生氣。我打電話給太太，電話一接通我便自顧自地講起來，想到什麼就說什麼。妳以爲我喜歡這樣嗎？妳以爲我在那種醫院上班都不會良心不安嗎？就是我在這種危險的地方上班，才能夠養活妳跟女兒！不然要怎麼生活？混飯吃很容易嗎？這世界就是會有人掉隊、會有人受害，我是爲了我們一家人才這樣拚死拚活工作！我就只是累了想休息，妳們都不支持我嗎？妳到底在哪？還不快給我回來！

那天，太太跟女兒很晚才回來。兩人萬念俱灰地坐在我面前，太太說希望給彼此一點時間，在醫院那起事件眞相查明之前，不會先對我下定論。我同意她，並轉向女兒，希望她能給我一個服從的眼神。女兒抬起頭，用小小的眼睛看著我。她的個性、氣質跟外表都和我不同，只有那雙小眼睛最像我，但那也是我最不滿意的地方。如果其他地方像我，但眼睛像媽媽該有多好？我不自覺地說出這個想法。

「妳要乖乖聽爸爸的話，這樣上大學後我就幫妳做雙眼皮手術。」

「幹麼？想把我也害死嗎？」

女兒一句無心的話，讓我跟太太瞬間僵住。我全身顫抖，不知該說些什麼才好，女兒仍然用輕蔑的眼神看著我。瞬間，我下意識舉起手，太太立刻擋在我跟女兒之間。太太擋下氣到發抖的我，並一直對我怒吼，但我什麼也聽不見。太太拚命想推開一直想朝女兒衝去的我，而我則下意識將她一把推開。她撞上櫃子，慘叫一聲昏倒了。

等我回神，看到女兒坐在昏倒的太太身旁，急急忙忙地不知撥電話給誰。我癱坐在原地，束手無策地看著眼前這個難以置信的光景。

醫生說太太是挫傷，必須靜養幾天，並建議她住院。躺在單人病房裡的太太，以空洞的眼神迴避我的視線。我向她道歉，並保證絕對不會再發生這種事，她依舊沉默不語。太太轉過身去面向窗戶，刻意背對著我；我則坐在家屬用的椅子上，摀著臉暗自掉淚。

不知過了多久，我聽見太太的聲音。

「你覺得你這麼做是在保護我們？」

抬頭一看，發現整張臉浮腫的她靠坐在病床上。

「為了保護我們而做的那些事……你以後可以不必做了。」

「……這是什麼意思？」

她閉上眼，我則是靜靜地深吸一口氣。

「如果你真想保護家人，就必須對家人誠實。」

她這是在問我真相究竟是什麼，但我仍然無法回答。因為我覺得當我親口說出自己做了什麼的那一刻，她似乎就會做出判決，所以我什麼都不能說。

幾天後太太出院，一切似乎回歸正軌。她看起來不再那麼絕望，我以為過一陣子，一切就會慢慢好轉。正好這時醫院通知我回去上班，於是我若無其事地返回工作崗位。

那天一回家，我就發現，太太和女兒都不見了。一切都完了。

我完了。

太太和女兒不知躲到哪去，完全不接我的電話。我想揮別的那個凄慘童年，我想打造一個專屬於我的家庭，如今卻落得一無所有。如果不把自己灌醉，我就無法入睡。

好幾天沒去上班的我接到院長來電，我一拿起電話就自顧自地說了起來。說我的家庭已經毀了，說我快要瘋了。院長聽了卻挖苦我，要我乾脆永遠休息，不用去上班了。對院長來說，我的那些抱怨都只是廢話，既然這樣，我決定給院長一點顏色瞧瞧，至少要帶著這個沒把我放在眼裡的院長一起下地獄，這樣我悲慘的人生才能獲得補償。

我蒐集醫院違法的資料，並把資料都放在雲端帳號裡。同時，我也沒有停止尋找妻女。只是在這段時間內，我自己也逐漸步向毀滅。挖掘醫院幹的違法勾當，就是在回顧自己不知羞恥的過去，對妻女、對我害死的病患的罪惡感緊緊勒住我，我痛苦到甚至不斷乾嘔。酒精是我逃避現實的方法，也是我的避風港。無法承受這一切的我，必須一直灌醉自己。不知不覺間，我變得連日常生活都無法自理。最後比起尋找妻女，更重要的是我必須先找回自己。

打聽到太太和女兒在大邱的時候，我正在貼滿封條的家中漸漸邁向死亡。我擠出最後一絲力氣整理行李，出發前往首爾車站。拿著開往大邱的高鐵車票等待乘車時，我想像妻女站在驗票口外等我的情景。但光是想像就令我渾身發抖，我實在無法面對她們。渾身冒冷汗的我撕碎了車票轉身逃跑，衝進洗手間裡嘔吐後便昏倒在地。

醒來後發現，我身上只剩下褲子和T恤。高級外套、手工訂製鞋、錢包、手提包等等，都早就不翼而飛。我赤腳站在廁所裡看著鏡子，鏡中又再度浮現妻女的臉，接著她們的臉又瞬間變回我茫然的臉，於是我用力一頭撞了上去。

後來我便無法離開首爾車站。人們稱我爲街友，街友夥伴們則稱我爲獨孤。那是死去的老人的名字，我並不討厭這個新名字。

跨縣市公車抵達首爾車站後，我前往會賢洞，入住一間浴室附有浴缸的汽車旅館。我在浴缸裡放滿熱水，然後泡了進去，泡到全身是汗之後，我喝起了玉米鬚茶。

喝光買來的四瓶玉米鬚茶之後，我又在浴缸裡仔細地清洗自己。我甚至用力小便，彷彿想透過這種方式，將體內的髒污全部送走。洗好之後我再淋了一下浴，刷完牙之後才離開浴缸，躺在床上準備入睡。

隔天早上，從睡夢中醒來的我，穿好衣服來到街上。雖然肚子很餓，但空腹也不壞。我有自信即使肚子裡的食物消化完，自己仍然能夠忍著餓，過上好幾天，甚至認爲這樣反而會更有精神。

首爾車站就快到了，我的心跳加快起來。經過幾次紅綠燈的訊號轉變，我終於抵達車站廣場。不知是什麼團體，正在廣場上發放口罩給街友。街友戴著口罩的模樣，看起來實在非常奇怪。這究竟是爲了他們好，還是在預防他們成爲感染源？我想兩者皆是。一戴上口罩，每個人看起來都沒什麼不同。人人都可能感染，也可能成爲感染源的，其實是一種名爲人類的病毒，那也是種數萬年來折磨著地球的病毒。

買了一張往大邱的車票，我站在跟四年前同樣的地點，回想自己倒下的情景。不過這次我不是一個人，我看見老闆拿著裝有便當的便利店塑膠袋走過來。即使我推辭，但她仍然堅持來送我。她說既然我們是在首爾車站相遇，那就應該在首爾車站道別，這理論似乎挺有說服力的，我被她說服了。其實我很需要老闆的幫助，如果我又撕掉車票衝去廁所把自己撞暈，我希望她能阻止我。

「都是你喜歡的。」

老闆把袋子遞給我，裡面是山珍海味便當和玉米鬚茶，我看著這些東西呆了好一陣，一句話也說不出來。

「到了大邱，應該就能證明你是醫生吧？」

「我已經打過電話……確認了。」

在這個國家，無論是殺人還是性犯罪，醫師執照都不會被吊銷，人們稱這爲「不死鳥執照」。爲什麼會有這種事？是因爲醫療專業人士跟法律專業人士關係很好嗎？不知道我們是不是因爲有這點確信，所以才會幹出壞事？不知是不是因爲用這種令人髮指的特權救人、殺人，讓我們誤以爲自己是全知全能的神？我負責的一名病患成爲成功的藝人之後，人們都說她是在「醫神」之手下重生。但我只是個普通人，是個凡人、是個壞人，是個滿腦子只想到自己的自私鬼。

「我眞不希望你離開，但你居然還在這個時候到大邱去當義工，我又怎麼能攔你？你這麼熱心，去到那邊肯定也能幫助很多人。只是你自己要多保重。」

「……多虧老闆。要不是……老闆，我肯定還躺在這……哪能去大邱呢？」

「這樣我也算是在疫情期間幫到大家了吧？」

「當然。」

成爲醫師之後，我從來沒有當過義工，昨天去納骨塔探望的女孩，促使我決定去大邱提供醫療支援。去大邱當義工無法贖罪，但能讓我永遠記得自己犯下的罪，以後我也會繼續尋找這樣的贖罪機會。

「大家也都戴起口罩，變得比較小心了。」

「對啊。」

「人類太自我中心了。這個世界又不是什麼國中教室，人們卻都像還沒長大的學生一樣，以爲自己很了不起，所以地球才會散播疫病，希望人們別再任意妄爲了。」

「也是有……不戴口罩到處跑的人。」

「那種人眞的該被痛罵一頓。」

「啊……哈哈。」

我下意識笑了出來。

「這種人成天喊著戴口罩不舒服、新冠肺炎讓人生活很不便，只想隨心所欲地生活，卻不願意犧牲。但其實世界原本就是這樣，生活中就會是有很多的不便利。」

「我認同……妳的話。」

「你知道嗎？我們社區的人原本都說我們的店是不便利的便利商店。」

「原來……妳知道。」

「當然，我們架上的商品很少，跟其他店相比促銷活動也比較少，價格也不像一般雜貨店那麼便宜，反正就是各樣的不便利。」

「不便利的……便利商店……」

「但你來了之後就便利多了，客人跟我都享受到了，只不過現在好像又要變得不便利了。」

「爲什……麼？」

「還問爲什麼？等你把大邱的事辦完，就快點回來吧。」

我沒有回答，而是對老闆露出一個尷尬的微笑，不知這是否算是回答了她，她拍了拍我的背。

「還是不要好了，記得我剛才說什麼嗎？人就是要活得不便利一點才行。所以我們店重新變得不便利才是對的。你啊，絕對不要再回來了。」

「……好。」

「不要只做義工，也要去見見家人。」

怎麼回事？我跟老闆說過妻女在大邱的事嗎？還是我記性又變差了？

我想，老闆真的跟她信奉的神很像，她到底怎麼有辦法看穿我的心思呢？我想這個世界上，獲得神力的人肯定不是醫神，而是像老闆這樣懂得揣摩他人心思的人。

雖然已經接近出發時間，我卻一直無法離開原地，身後似乎有個隱形的磁鐵拉扯著我，讓我無法跨出步伐。老闆成了我的氧氣筒，我只能戰戰兢兢地站在她身邊。

「該出發了，我不能站太久。」

我轉過身去看著老闆。她是當年丟下我離開的母親嗎？還是照顧我直到去世的奶奶呢？她究竟是誰？我擁抱著她低聲說。

「您拯救了……我這個……該死的傢伙，雖然很慚愧……但我會繼續努力活下去。」

她沒有回答，只是也伸出手抱了抱我，並用那雙小小的手輕拍我的背。

一通過票口，我便頭也不回地往前走向月台。上了火車坐到我的位置之後，我便開始流淚。我希望火車可以趕快出發，希望火車能用把我的眼淚吹乾的速度向前飛奔，然後在大邱把我甩下。火車似乎讀到了我的想法，開始緩慢向前移動。列車駛離首爾車站後，我似乎能透過窗戶看見那條通往便利商店的路，也似乎能看見意指青色山丘的青坡洞，以及座落在那個社區裡，不便利到極點的那間便利店。

火車駛過漢江鐵橋，江面映照著上午的陽光，光芒耀眼地舞動著。

雖然我說自己成爲街友之後，便再也沒離開首爾車站附近一帶，但其實我曾去過一次漢江。我爬上漢江大橋，想縱身躍下，只是最後失敗了。其實我原本計畫只在便利商店度過冬天，然後就到麻浦大橋或元曉大橋投江。

不過現在我知道了。

我不該投江，而是應該越江。

我不該從橋上跳下，而是該從橋上走過。

我止不住眼淚。雖然很慚愧，但我決定活下去，我決定背負罪惡，在人們需要協助時伸出援手，在人們需要分享時分享我所擁有的事物，不要有太多貪欲。我會努力把這原本用來獨善其身的技術，用於拯救他人。爲了贖罪，我會回去找家人，如果她們不願意見我，我會帶著更堅定贖罪的心，轉身離去。我會記得，人生無論如何都必須有意義，我會努力活下去。

火車越過了江，我終於不再哭泣。

致謝

謝謝給我靈感的吳平碩、負責校對的鄭宥利、GS25便利店文來旗艦店、提供想法給我的邊龍俊與柳正完、跟我分享精釀啤酒知識的鄭賢哲、將故事出版成冊的樹旁之椅出版社的李秀哲代表、何知純主編與全體員工、幫忙繪製封面的插畫家Banzisu、爲本書寫推薦詞的鄭汝蔚作家、提供工作空間給我寫稿的土地文化館金世熙館長與全體工作人員，在此向各位致上最深的謝意。

二〇二一年春
金浩然

國家圖書館出版品預行編目資料

不便利的便利店 / 金浩然 著；陳品芳 譯.
-- 初版 .-- 臺北市：寂寞出版股份有限公司，2022.09
304面；14.8×20.8公分 .--（Soul；47）
譯自：불편한 편의점
ISBN 978-626-95938-4-2（平裝）
862.57 111011187

Eurasian Publishing Group 圓神出版事業機構 用心與你對話．視野無限寬廣　寂寞出版社 Solo Press

www.booklife.com.tw reader@mail.eurasian.com.tw

Soul 047

不便利的便利店

作　　者／金浩然
譯　　者／陳品芳
發 行 人／簡志忠
出 版 者／寂寞出版股份有限公司
地　　址／臺北市南京東路四段50號6樓之1
電　　話／（02）2579-6600．2579-8800．2570-3939
傳　　眞／（02）2579-0338．2577-3220．2570-3636
總 編 輯／陳秋月
資深主編／李宛蓁
責任編輯／朱玉立
校　　對／李宛蓁．朱玉立
美術編輯／金益健
行銷企畫／陳禹伶．鄭曉薇
印務統籌／劉鳳剛．高榮祥
監　　印／高榮祥
排　　版／陳采淇
總 經 銷／叩應有限公司
郵撥帳號／ 18707239
法律顧問／圓神出版事業機構法律顧問　蕭雄淋律師
印　　刷／祥峰印刷廠
2022年09月　初版
2024年09月　63刷

定價 400 元　ISBN 978-626-95938-4-2　